归来书店

沂熹微 著

天津出版传媒集团
百花文艺出版社

图书在版编目（CIP）数据

归来书店 / 沂熹微著. -- 天津 : 百花文艺出版社, 2025. 1. -- ISBN 978-7-5306-8825-0

Ⅰ. I247.5

中国国家版本馆 CIP 数据核字第 20245UD846 号

归来书店

GUILAI SHUDIAN

沂熹微　著

出 版 人：薛印胜

责任编辑：魏　青　　美术编辑：任　彦

出版发行：百花文艺出版社

地址：天津市和平区西康路 35 号　邮编：300051

电话传真：+86-22-23332651（发行部）

+86-22-23332656（总编室）

+86-22-23332478（邮购部）

网址：http://www.baihuawenyi.com

印刷：天津鸿景印刷有限公司

开本：880 毫米×1230 毫米　1/32

字数：113 千字

印张：6.875

版次：2025 年 1 月第 1 版

印次：2025 年 1 月第 1 次印刷

定价：68.00元

如有印装质量问题，请与天津鸿景印刷有限公司联系调换

地址：天津市武清区梅厂镇财源路 1 号

电话：(022)29300192

邮编：301701

目录

第一章　归来书店 —— 001
第二章　意外来客 —— 008
第三章　林间相遇 —— 025
第四章　灵魂共鸣 —— 034
第五章　月夜湖畔 —— 046
第六章　她的日记 —— 057
第七章　云端漫步 —— 067
第八章　月夜告白 —— 078
第九章　霓虹之夜 —— 094
第十章　一帘幽梦 —— 110

第十一章　月湖之约 —— 129

第十二章　滨江莉都 —— 138

第十三章　地下派对 —— 150

第十四章　暗夜别离 —— 166

第十五章　尾声 —— 187

林蓁日记拾遗一 —— 192

林蓁日记拾遗二 —— 196

林蓁日记拾遗三 —— 200

林蓁日记拾遗四 —— 206

林蓁日记拾遗五 —— 210

第一章
归来书店

作为归来书店仅有的一名员工，郁秋阳抱着自己就是老板的心态在这家位于西安半角、粉巷巷末的小书店打工，至今已三年有余。每周一到周日早上，在天色未白、上班早高峰未至之时，他就已将书店打扫整理完毕，煮好了第一壶咖啡，等待第一个客人的到来。

书店的每一个角落都纤尘不染。五张浅柚色的实木书桌桌面像镜面一样，清晰地映着三十个散发着淡黄色光芒的圆球体吊顶灯。“六十”盏灯将这个面积不足两百平方米的书店笼罩得一室温柔。每张桌子上都放着两三盆水培绿植，有紫竹梅、铜钱草、碰碰香、薄荷、水竹等，片片叶子油光发亮，脉络清晰可辨。

三个胡桃木书架也被打理得井然有序。这里藏书不多，大约不足一千本，每本的书皮和书脊处都贴着标签，上面手写着书名、作者名、出版日期及借阅编号，并规整地用塑料膜封了一遍。在门边书架正中间的格子处，放着一个超白草缸，里面养着天胡荽、莫丝、绿叶椒草、羽裂水蓑衣、大莎草等水草，错落有致，绿意盎然；一尾绛朱色樱桃灯鱼穿梭其间，时而浮出水面觅食，时而隐于草间嬉戏，摇头摆尾、悠然自得。

书店门外，有一株高约二十米的青皮梧桐。关中平原土壤肥沃，将树滋养得生机勃勃。夏日远望，树冠一团碧绿，似云似绵，树阴森森；仔细近看，心形掌状树叶单叶对生，叶形生动；每年六月前后，淡绿色伞花开于冠顶，如绿玉蝴蝶栖停满树。即便到了隆冬时节，玉叶凋零，伸展向高空的苍劲枝干依然可见其顽强的生命力。

归来书店里，没有值得在相片里炫耀的装潢，没有为揽客而卖弄的噱头，自然也就没有不把读书作为目的的读者。在这个开于闹市、租金颇高，但却“只阅只读，不借不卖”的书店里，客人只需花上一杯咖啡的价钱，就可以享受一整天以书为伴的宁静。在这个似乎是稳赔不赚的书店里，熟客们纷纷猜测老板是何许人也，既不以营利为目的，那必是有着一些特殊的情怀。

起先有人猜老板就是郁秋阳本人，只因现如今二十岁出头的年轻人能够把打工打到当老板的境界实属罕见。但经过当事人无数次否定后，人们才勉强相信老板另有其人，毕竟郁秋阳也没有遮掩的理由。后来有人猜老板是一位常来店里的西北大学退休老教授,原因是除了郁秋阳之外就数他来的次数最多。而这个臆测也被老教授笑呵呵地否定了:“这里书挺好、离家近,我才常来。我要是老板,第一件事就是把咖啡服务换成茶水服务。咖啡的气味影响我睡眠,否则我能在这儿待一整天。”

于是又有人猜老板是一位偶尔来的某民营公司的郁姓老总,因为他似乎颇爱书籍,并且有足够的闲钱给自己辟一块精神桃源。而这个流言的消弭要归功于另一个流言的出现——郁总其实是郁秋阳的父亲,郁总来书店是为了看儿子。郁家家业颇大,如若是为了锻炼儿子,绝不可能仅仅给郁秋阳置办一个小小的书店,让他每天干些几乎毫无技术含量的打杂工作。如果说这是郁秋阳的要求,那和第一个猜测并无实质性区别。于是第一个谜题还没有解开,第二个谜题又疑窦丛生:既然郁秋阳不是老板且家境优渥,那他把书店当家的目的到底是什么?

对于这两个谜题的答案,郁秋阳总是守口如瓶。第一个答案,书店老板和郁秋阳自然都知道;而第二个谜题,全世界只有郁秋阳能够解答。

三年前的那个夏日午后,当郁秋阳鬼使神差地踏入归来书店时看到的林蓁,就坐在门边座位的树影里写着什么东西。那时郁秋阳研究生刚毕业，归来书店也才搬到粉巷不久。郁秋阳对林蓁当时的穿着和发型几乎毫无印象，但却对她戴着的一串珍珠手链记忆犹新。约十来颗大小一致、圆润饱满的冷白色珍珠，在她的右手手腕上衍射着素白的光晕，似乎将要融进她的皮肤里。他从来没有见过这样的女孩，白得清透无瑕，仿佛这世间的一切混浊都不曾也不会与她产生关联。郁秋阳担忧起来，怕她下一秒钟就会像手腕上的珍珠一样，融化在阳光里。

也许夜晚的月光才更适合这个女孩儿——这是郁秋阳盯着林蓁看了许久之后得出的结论。

"你好，请问你有什么事情吗？"林蓁撩开遮住耳朵的头发，摘下耳机问道。她写东西有些入神，十多分钟后才注意到面前的这个怔而不语的人。

"我……我有些口渴。外面太热了，我……我想买杯饮料。"回过神来的郁秋阳急中生智，找了个差强人意的理由。

那天他跟朋友约在书店附近的餐馆聚会，来得早了一些，正好有些燥热口渴，想找个能避暑的地方打发时间。书店门口的那棵梧桐树，那时还没有现在这般繁茂，但其幽然的绿意足以让郁秋阳像是受到某种牵引一般，一脚踏进了归来书店。

得知了郁秋阳的来意，林蓁将一枚桃花瓣形状的书签夹在了一个笔记本的两页之间，又将其缓缓合上。郁秋阳看见笔记本旁放着一本书，书名是《林中路》。

林蓁站起来，边走向门旁的一张桌子边说："这里没有饮品卖，但水可以免费喝。你想喝什么？白水还是柠檬水？"

"柠檬水。谢谢！"

在放着一台小型饮水机的桌子上整齐地摆着一个透明玻璃水壶和五只玻璃水杯，还有一个盛着干柠檬片的盒子，这便是当时归来书店的"吧台"。在林蓁倒水的时候，郁秋阳环顾书店一周，才发觉四下清冷，客人寥寥。等他回过头时，林蓁已将水杯递到了他的面前。一片柠檬浸在水和阳光里，边缘附着着细密的气泡。郁秋阳接过水杯一饮而尽。

"好甜！"

听了这话，林蓁嘴角微微上扬，回复道："嗯？我好像并没有加糖哦！"

微笑从林蓁的嘴角延至眉梢，一双杏眼被注入灵魂，水光流转，清澈动人。郁秋阳木木地呆楞在原地，他想找一个合适的比喻来形容她带笑的眉眼，想了一圈儿，都感觉俗之又俗；他甚至将《红楼梦》中的妙语，比如"俊眼修眉""顾盼神飞"，或者"罥烟眉，含情目"，抑或"眉如墨画""目若秋波"等全在脑海中过了一遍，都觉得不够尽如人意。郁秋阳心想，或许只有自然的手才能创造出这样的美；又或许只有自然的诗，才能写尽这样的美。

郁秋阳体会到了一种以往所有的恋爱经历都不曾带给他的悸动。像是令人酥麻的电流，带着阳春的温度在血管里化开，顺着血液窜流全身，最终在心底结成了一个炽烈的愿望——他想要在月色温柔中抚摸她的脸颊，轻揽她入怀，在她的耳畔低喃：“你的眼睛里，尽写着我要对你说的千言万语。像暖风吹过的 Gardens of Babylon（巴比伦花园），开满了玫瑰。”

这便是让郁秋阳守了归来书店整整三年的原因。这个愿望如同一首不知名的民谣，低唱着将要落幕的青春，在黄昏的空旷街巷中单曲循环。后来，当年逾耄耋、记忆衰退的郁秋阳偶然回忆起它时，总会陷入一种极其真实的“不真实感”——毕竟他从始至终都没有对林蓁说出这个愿望；毕竟他对林蓁单方面的等待也不过这三年之久。

初遇林蓁后的第二天，郁秋阳决定采用守株待兔这一古老笨拙的方式，创造他和林蓁的再一次偶遇。一夜未眠的郁秋阳在天色刚放亮之时就来到了书店门口，惊讶地发现店门已开，而里面坐着的唯一“客人”正是那个让郁秋阳想了整晚的人。郁秋阳这才反应过来，林蓁就是书店老板。

后来，郁秋阳以 gap year（间隔年）实习为由，成为归来书店不领薪水的“一号员工”。郁秋阳对书店和它的主人也逐渐了解：书店在2010年就开张了，先是开在一个人迹罕至的地方，两年后搬来了粉巷闹市；林蓁有其他工作，寒暑假最为忙碌，无暇常来这里；林蓁用几乎所有的收入支撑着这家书店的运营，而她开这家书店，是为了等待一个人。

知道这些已经是那个夏天一年之后的事儿了。在得知林蓁心有所属后，郁秋阳选择不动声色地继续守候。惯性是一个具有强大力量的齿轮，推动着人们拼尽全力留在原地。一年的时间里，郁秋阳已经习惯了归来书店成为他生活的主体，习惯了林蓁作为唯一知己存在于他的世界里。他们都喜欢柠檬气泡水，喜欢《红楼梦》，喜欢Lana Del Rey（拉娜·德雷）的浅唱低吟，喜欢菲茨杰拉德文字里的感性忧伤。他们的躯壳里都活着一个诗人，向往精神世界的纯粹与美好，即便那是一座只有海鸟盘旋于周围的孤岛。

当初的那个愿望暂时被郁秋阳藏于心底，他决心只要林蓁还活在“那个人”的阴影里，他就不会表露心迹。反正他还年轻，有的是时间等待，等待林蓁忘记2008年的那场梦、那个人。

归来书店，等伊人归来。

第二章
意外来客

2015 年西安的冬季，不曾下过一场漫天大雪，十天里倒有六七天都是姣好的晴日。但当人们抬头看到悬于空中的太阳时，总是会惊异于刺眼阳光和凛冽空气之间讽刺式的格格不入——这样的寒冷让阳光颜面无存。2015 年中国的冬天，注定是个不折不扣的凛冬。

粉巷自然也无法逃脱肃杀萧条的厄运。隆冬未至，整个街道就已经像个冰粽子，被寂静凄冷裹了个严严实实。街边售卖商品的小贩已经好多天不曾出摊儿，像是与往日里熙攘匆匆的游客约好了似的，一起销声匿迹。前一个月还生意兴隆的几个大大小小的饭馆现在通通熄灯关门，偶有几只毛色暗淡、饥肠辘辘的流浪猫流连于后厨门口；酒吧才不过是半个多月无人问津，门口的霓虹灯就因耐不住寂寞坏了。一只红色的荧光灯挣扎着闪了几闪，在发出一道尖锐的“嗞啦”声后，连光带响都被黑夜的巨嘴吞了进去。

而郁秋阳依然精心打理着归来书店，无论店外天气如何、店内客人多寡。这个粉巷巷末的小小角落，仿佛是此一时空的漏网之鱼，在绿草悠然里心无旁骛地游着，它的世界虽然小，却小得自由。

此时已快到书店打烊时间，郁秋阳正在冲洗咖啡杯。自来水带着屋外的冬意，从水龙头里淋漓而出，哗哗作响。郁秋阳这几天心情很是低落，他有好一阵子没见到林蓁了。她上次来书店是一个多月前，稍坐了片刻，写了点东西后就匆匆离开了。更让郁秋阳揪心的是林蓁的变化。林蓁焕发出了一种郁秋阳从未见过的光彩，由内而外的，即使她素净到极淡的妆容也遮掩不住。

郁秋阳一边用刷子努力拭着杯子上的咖啡渍，一边想得出了神——

林蓁恋爱了？但有“那个人”的存在，林蓁怎么可能会爱上别人？可她最近的样子……七年了！毕竟已经七年了。她忘了他也不是没有可能。嚯！今天这水怎么冰得厉害！所以我这是第二次失败吗？在她身上败给了第二个人我也真是可悲。可这又能怪谁呢？我还从来没向她表白……这咖啡渍怎么这么顽固？这水真是凉透了！才十一月就这么冷！得购置一个自来水加热装置了。可她真的感受不到我的心意吗？还是在故意装傻呢？我是不是应该找个机会跟她表白了？可万一她拒绝……奇怪，杯子怎么少了一只？最近怎么净是些奇怪怪的事！那天晚上走的时候明明是关了门的……什么都没丢就丢了一条鱼，警察查了一个月也没结果。是该装个摄像头了！还有热水装置。哦对了，杯子白天不小心打碎了一只，地毯上的污渍还没有清理。她已经好久没来书店了。上次来应该是……对！九月二十八号。我得让她回来一趟帮忙找找那条鱼。真是奇怪！什么都没丢就丢了一条鱼！一会儿还得清理地毯。真是一团糟！

郁秋阳心似乱麻，半个小时后他终于下定决心催林蓁回书店一趟，该问清楚的问清楚，该坦白的就坦白——是到了尘埃落定的时候了。他编了一条一百来字的消息，按下发送键之前进行了多次修改，最终发给林蓁的只剩下两句话："蓁蓁，近期打算什么时候回书店？店里有些事情要你拿主意，我也有些话想要跟你说。"

一等就是七天，林蓁片语未回。郁秋阳有些慌了：林蓁从来没有消失过这么久，信息不回、电话不接，人更是不见。当郁秋阳决定去找林蓁时，才突然意识到自己对林蓁的"深入了解"是多么"不切实际"。他知道林蓁喜欢四百毫升牛奶里加两份浓缩的无糖拿铁，却不知道她每天早上拿着这杯咖啡去哪里工作；他知道林蓁最喜欢借用 silver pepper（银色的胡椒粉）指代月光，却不知道在这片月光下她家在何处；他知道林蓁的所有爱好，可以轻易地与她建立精神共鸣，却除了一串电话号码外再无其他能够联系到她的方法。他似乎知道林蓁所有的一切，却又对她一无所知。

心急如焚的郁秋阳只好找公安局的朋友打听情况，才得知林蓁的家人早已报案。警方已经查了许久，依然是音信全无——林蓁是彻彻底底地失踪了。

除着急之外，自责也在煎熬着郁秋阳。其实早在十月初，当一位姓沈的警察来书店询问有关林蓁的情况时，郁秋阳就察觉出事情有些不对劲。他十分后悔当时没有立刻将这件事打电话告诉林蓁，而是想等林蓁回来后当面跟她说。要不是自己犹豫不决、瞻前顾后的性格，情况会不会有所不同？林蓁会不会安然无恙？

着急也好、自责也罢，就目前情况看来，除了全力配合警方的调查之外，他唯一能做的似乎只有等待。

又过了三天，郁秋阳没等来林蓁，却等来了一位不速之客。他的到来，让郁秋阳十天前燃起的向林蓁表白的冲动，像淋了一场秋雨的桂树，花残枝冷、馥郁不再。

他来的时候，郁秋阳正站在梯子上整理书架最高层的书籍。听见门边的兔子玩偶发出一声“欢迎光临”的声音后，郁秋阳朝门口瞥了一眼，心想今天这样糟糕的天气怎么还有人来看书。待郁秋阳扶着梯子下来，双脚刚落地时，这位不速之客已经走到他面前开始自报家门，带着十足的自信与沉稳，就好像这个场景已被他预演过多次一样。

“您好，郁先生，我叫楚曼朱，从上海来。我来这儿是想打听一个人——林蓁。她是我的女朋友，目前下落不明。希望您能告诉我您所知道的有关她的所有信息，以便我能够尽快找到她。”

这些宣示主权、生硬干冷的措辞理应让郁秋阳十分不悦，但事实上并没有。这个叫楚曼朱的人，声音里杂糅着一种独特的金属质感，棱角分明地传递着果断；可这音色却又有着令人惬意的清爽，好似晚风掠过夏季的湖面。迎着他的声音，郁秋阳看见了他的眼睛，一双同样具有矛盾特质的眼睛：目光坚定沉稳，仅是看到这双眼睛的第一个瞬间便足以让人对其产生十足的信任；而同时，他那眼神里藏不住的冷漠又如白纸上写着的四个黑字——“生人勿近”。似实似虚，若即若离，充满变数，又极具魅力。

郁秋阳不由得心里咯噔一下：这样的男人，也许，难怪。他拍了拍套袖上的薄灰，轻轻哂笑了一声，反诘道：“既然林蓁是你的女朋友，你怎么反倒问我她的情况？”

楚曼朱怔了一下，眼神瞬间暗淡下去，避开了郁秋阳的目光。过了大约十几秒钟，他调整好了状态，再次直视郁秋阳，语调柔和了不少："刚才是我说话冒失了，抱歉。是我太着急。找她一个多月了，还是没有线索。是沈警官让我来这里碰碰运气。希望你能谅解，帮帮我。"

一番端详过后，郁秋阳发现了藏在楚曼朱凌厉气场下的疲态——乌青的眼袋，血丝如蛛网密布的眼球，两腮及下巴上细密的胡楂，略微有些凌乱的头发。这反倒让郁秋阳对楚曼朱少了一些戒备，多了一些自愧不如。毕竟他在尽心尽力找林蓁，而自己除了等待之外别无作为。

郁秋阳走到吧台前给楚曼朱倒了一杯水，说道："那么请坐，我们好好聊聊吧。"

"来杯美式好吗？"楚曼朱说着，将一件印有蓝色五角星图案的皮质飞行员夹克脱下，搭在了旁边椅子的靠背上，随后坐了下来，"请帮我加点儿糖。"

此时才下午三点半，书店外却阴晦如傍晚。天边厚云翻卷，带着深灰的抑郁，与雾霭连成一片。阵阵朔风裹挟着寒意，无力将阴霾驱散，却足以让仅存的几片梧桐树叶卷起褶皱，摇摇欲坠。鸟儿今天也无暇光顾这里，应是预感到了糟糕的天气状况，找了个屋檐或洞穴避了起来。空气中的沉闷污浊不久便会被一场雨涤荡干净。路上行人行色匆匆、步履如飞，希望能够逃脱这场即将到来的泥雨。

在这样的午后，楚曼朱自然是书店里唯一的"顾客"，郁秋阳索性提前将书店打了烊。他将一杯美式咖啡放在楚曼朱面前的桌子上，坐在了他的对面，接着说道："巴西黄波旁豆子本来就带些甜味，我就没再加糖。你觉得不够甜的话，糖包在边上。"

楚曼朱端起咖啡杯，手腕上露出一只手表，银色表针和十字标志折射着灯光，晶亮可辨。楚曼朱喝了一口，只觉一股浓郁的、掺杂着坚果芬芳的焦香味由唇齿漫开，将神经浸润，驱散了许久以来的紧张与疲惫。他闭上眼睛，突然想起了林蓁喝拿铁时的样子——她总是用充满期待的眼神，先盯着咖啡上层的拉花看上几秒钟，然后抿一小口。在咖啡表面留下一个月牙形的奶泡缺口后，她会对着楚曼朱嘿嘿一笑，像是偷偷做了一件坏事被他发现了似的。楚曼朱总会用纸巾将她嘴唇上面的牛奶痕迹轻拭干净，笑着说一句："跟个孩子一样。"

楚曼朱睁开有些酸涩的眼睛，猛喝了一口咖啡，清清嗓子说道："谢谢，味道很好。她也喜欢喝咖啡。"

"她最喜欢中度烘焙的瑰夏。她说瑰夏的味道和名字一样好，能喝到花香。"

"她的味蕾比我细腻。我看你们俩倒是相似。"

"是吗……"郁秋阳自嘲地笑了一声，"以前我一直以为，我是这个世界上在精神层面最靠近她的人。"

楚曼朱一时不知该说什么。他把视线转移到了对面不远处的那个超白草缸。他站起来走了过去，看到缸中绿油油的水草，心想要是放一条红色小鱼进去应该会很不错。

楚曼朱决定把一切挑明，如今的情势也容不得再东遮西掩。他转过身直勾勾地看着郁秋阳，说道："听说你们认识三年了。你为她守了三年的书店，你喜欢她？"

郁秋阳很是惊讶于楚曼朱的直截了当，迟疑了片刻后接话道："是。等这次找到她，我就会对她表明心意。到时候我们公平竞争。所以——"

"所以，先尽快找到她。"

"对。在这件事上，我们不是敌人。你想从我这儿得到什么，只要对我们的共同目标有帮助，我都会毫无保留。"

楚曼朱坐回到刚才的位置，又喝了一口咖啡，说道："我欣赏你的坦诚，但这并不代表日后我们成为情敌时我会手下留情。"

"我也一样。"

楚曼朱点了点头，脸上没有任何表情。他的眼睛好似嵌在一副面具式的脸孔上，漆黑如墨，让郁秋阳想到了雷雨欲垂时乌云聚成的旋涡。楚曼朱用毫无顿挫的语调，仿佛说着一件与自己毫不相干的事情："你知道吗？林蓁心里面，一直有一个人。不是我，也不是你。"

郁秋阳之前已猜到了楚曼朱是清楚“那个人”的存在的，因为林蓁从来不会隐藏对于“那个人”的怀念。郁秋阳苦笑道：“我很早就知道。这也是我迟迟不跟她表白的原因。结果没想到却被你后来者居上。”

“感情是不讲先来后到这一套的。况且真要说相识时间的话，那还不一定谁早谁晚。我们也是在 2012 年认识的，那时候我还在读书。”

“那么从这个角度而言，恐怕咱俩都要输给‘那个人’了。他在她心里很久了，足有七年。”

“……果然是 2008 年。”两分钟的沉默后，楚曼朱慢慢地说出了上面这几个字。他前前后后把时间差算了好几遍。一个连小孩子都可以在一秒就算出的数字，楚曼朱这个数学天才却算了足足两分钟！

郁秋阳起身给自己倒了一杯柠檬水，端着水杯又坐回原位，追问道：“2008 年，这一年怎么了？”

郁秋阳的不解让楚曼朱心下一松，后者更加确定面前的这个男人和林蓁的关系并不很密切。看来自己的情敌，只有“那个人”而已。

“2008 年的 5 月 12 日，她在四川映秀。”

郁秋阳手中的水杯被重重放下。些许水溅在桌子上，像是受了惊的透明蝌蚪，沿着桌边滚落到地面。

“2008年5月……映秀！那她——”郁秋阳的声音骤失平日的和缓，变得急促而尖锐。

“没错。”

“她当时怎么会在映秀？她居然——从来都没有跟我说过。你……确定吗？”

“我见过她背上的伤，就是那个时候留下的。再说，她不会骗我。”楚曼朱干咳了一声后补充道，“至少在这件事情上。”

很多谜题在郁秋阳心中渐渐有了答案，他叹了口气，说道：“这就难怪了。也许……也许他们共同经历过生死。”

“请问这个书店的名字——”楚曼朱说这句话时尾音拖得很长。自从沈警官告诉他归来书店的存在后，楚曼朱就很想知道这个问题的答案。可当能够回答此问题的人近在咫尺时，他却问得犹犹豫豫。

郁秋阳一下子就明白了他的意思，回答得一针见血：“是的。林蓁说她经营这个书店，就是为了等‘那个人’归来。”

楚曼朱沉默了。他的表情依然波澜不惊，可郁秋阳却能感受到他很痛苦。这是一种具备极强传染力的痛苦，跟病毒一样，带着原始宿主的能量和情绪，暗中寻觅着下一个目标。作为一个温良细腻的人，郁秋阳与他眼前的这个人，已在不知不觉间建立了共情。几分钟的沉默后，郁秋阳缓缓地说道：

“至少可以确定的是，她现在爱上了你。”

“其实我并不确定……”

“不确定什么？”

“她是不是真的爱我。”

“这是什么意思？我认识她三年了，她从来没有这样过。”

“哪样？请说得明白一点。”楚曼朱像是一只快要跌落悬崖的小兽，抓住了一线生机便死死不肯放手。

“你们是什么时候在一起的？”

“9 月 26 日，我们在田子坊的一家咖啡厅重逢。三天后她答应做我女朋友。”

“9 月 26 日……难怪。从那个时候起，她只回来过书店一次。9 月 28 日。”

“你记得真清楚。”

“27 日是中秋节。”

“你刚才说‘她从来没有这样过’，到底是从来没有怎样过呢？”

“活过。”

楚曼朱又沉默了。他当然知道郁秋阳所说的“活过”是什么意思。因为在和林蓁恋爱的这段时间里，他也是这样“活过”。

“以前的她，完美得不真实。我没有听她说错一句话，见她做错一件事。怎么说呢?好是好,可总让我觉得……像是书中画里的人,像戴着面具、穿着护甲。但上次她来时,变化太明显了。我见到了她的心不在焉、傻笑发呆,她给客人取错了书,还失手打了咖啡杯。她那天没看平时喜欢看的文史哲类的书,看的居然是跟金融相关的书。我知道她压根儿看不懂那些,现在我大概猜到原因了。所以我确定,她一定是爱你的。只有恋爱能让人像个孩子,返老还童一般重活一遍。”

能一口气将自己暗恋之人爱恋他人的表现说得如此浪漫,连郁秋阳自己都觉得诧异。

楚曼朱的眼睛闪着光色,嘴角泛起笑意。爱上一个美好的人本来就是一件美好的事,又得知这个人比自己料想中还要更加爱自己,这样的好上加好,足以让楚曼朱动容。

“所以我不明白你为什么不确定。要不是因为爱你,她怎么会和你在一起? ”

“除了这个原因以外,”楚曼朱的表情又转而严肃起来,“她还想劝我自首。”

“自……自首? 你——”

“嗯,经济方面的。做我们这一行……”楚曼朱没再继续这个话题。他将咖啡一饮而尽,恢复了面具一般的神情,不疾不徐地接着说道:“她和我的重逢,是沈肖沈警官有意安排的。我不怪她,她也只是被利用。谁让沈肖给的交换条件是林蓁不可能拒绝的。"说完这段话后,楚曼朱觉得嗓子发紧。他想再喝一口咖啡暖一暖喉咙，端起杯子时才意识到杯中已空。

楚曼朱的回答印证了郁秋阳的种种猜测,同时又让后者产生了其他疑问。郁秋阳没有穷追不舍地问下去,而是给楚曼朱续上了一杯咖啡。趁着楚曼朱喝咖啡的时候,郁秋阳走向窗边。

此时的粉巷街道,夜灯未上,行人无一,像是以黑白灰为原色所画的水彩画。一辆银色轿车驶过路边的落叶堆,扬起的灰尘和碎叶让一只流浪猫受惊不小,它尖叫一声后开始慌忙舔毛。车轮紧急制动时因与路面摩擦而发出的突兀刺耳的声音，在清寂的粉巷中不协调地持续了两三秒后又戛然而止,仿佛什么都没有发生,一切都消失在冬雨将至的风里。

"还是忍不住再次称赞你做咖啡的手艺。你做的咖啡,每一个细节都是我想要的。你仿佛有一种特殊的能力,能在短时间内洞察他人的口味和脾性。"

郁秋阳笑了笑,坐回椅子上,心说这家伙恭维人的时候居然都这么一本正经。又转念一想,也许这是他的真心话,因为自己并没有被他恭维的理由。

"我们继续说。刚才我说到了我和林蓁的重逢。你有什么疑问吗？我希望你可以将你心中的疑惑都提出来,帮助我理一理思路。你的疑惑可能就是我需要的灵感线索。请原谅我说话有些混乱，我这两天都没怎么睡。”

“好。我乐意当一次‘工具人’。我确实有一些问题。刚才你说9月底你俩在上海的重逢，是一个叫沈肖的人有意安排的？这个沈肖，沈警官，到底是什么人？一个多月前他来书店找过我，差不多……就是你和林蓁重逢后不久。他问了我许多关于林蓁的问题，有些还非常奇怪。”

“我知道他来找过你。他是经侦警察，一年半前到公司假装为老板做事，目的是搜集老板的犯罪证据。但老板精明老道，他找到的证据有限。他想以我为突破口，于是安排了林蓁。”

“你……确定吗？我是说……我真的很难想象林蓁会愿意被这样‘安排’。”

“呵！”楚曼朱苦笑一声，“相信我，我是这个世界上最不愿意相信这件事的人。可我不得不相信。沈肖已经跟我摊牌了，他给林蓁开出的交换条件是帮她找到‘那个人’。”

“原来如此。”

楚曼朱继续说道：“他的计划之一是先安排我和林蓁相遇，然后我重新爱上林蓁，进而林蓁劝我带着老板的犯罪证据自首。前面两步都如他所愿，但——”

“林蓁还没来得及劝你自首，她就失踪了，是吗？”

“不。她劝了。但我鬼迷心窍，不，应该说是财迷心窍，没有尽早听她的。”

“那第二个计划是什么？”

“这个沈肖没有告诉我，我也暂时没有精力去想这个。”

“我现在担心的是，林蓁的失踪会不会跟你老板有关？他有没有觉察到什么？”

“应该不会。沈肖的真实身份和计划，现在除了你以外，当时只有我们三个知道。他以前是干刑侦的，很会隐藏自己，这一年他在公司也是深得老板信任。再者，如果老板知道了这个计划，我现在应该也不会坐在这里了。”

郁秋阳松了口气。

楚曼朱拿起咖啡杯旁边的糖包，将里面的黄糖全部倒进了咖啡里，一边搅动一边说：“而且，我有种感觉，她是自己离开，找了个地方想要躲起来。我是这样感觉的，虽然我很少相信感觉。对了，给你看一下她临走时留下的字条。”

曼朱，请将这些衣物退回。我穿过的衣服、鞋子还有一条项链我带走了。我不知道你的银行卡号，钱只能微信转你了，请不要拒收。我想亏欠你少一些。

Tender is the night, but here there is no light.（夜色温柔，却黑暗无光。）

看到那句诗后，郁秋阳瞬间明白了、确认了。他的目光从楚曼朱身上移开，望向了视线前方的一盏圆形吊灯。灯光温柔，在冬雨将至时给予书店温暖的一角。郁秋阳缓缓地说："我相信你的感觉是对的。林蓁应该是自己离开的。"

"因为这句诗吗？"

"是。如果你了解这首诗和这部小说，大约就会和我一样肯定。分析推理的事就交给警方，你来找我的目的不就是想获得直觉和运气吗？"

楚曼朱点了点头，说道："看来我确实来对了。我不该听沈肖的，我应该早点儿来。"

郁秋阳继续问道："你都去哪些地方找她了？"

"她工作的地方，上海和西安的公司都去了；她家人去了一趟老家；映秀我也跑了一趟。结果都是徒劳。"

楚曼朱再次将杯中剩余的咖啡一饮而尽。

"咖啡别喝这么猛，对身体不好。既然我们相信她是自己离开的，就应该在她那里找答案。让我想想……"

郁秋阳站起身，走到书店最里面角落的一排储物柜前，看着其中一个柜子的密码锁发呆。

楚曼朱跟了过去，焦急地问道："答案在这里？"

"嗯。这里面有林蓁的日记。"

“林蓁还有记日记的习惯？我倒是从来不知道。”

“她来书店的时候会记一些。有时候一周记三四次，有时候一周记一两次，有时候一个月记一次，所以‘日记’这个词不准确，但就是那个意思。让我猜猜密码是多少？她的生日……”

郁秋阳拨动着密码锁，按照林蓁生日的数字进行了多次组合尝试，可锁芯始终纹丝不动。

“请试一下 0729。”楚曼朱说道。

郁秋阳顿了一下，随即将密码拨动到这四个数字的位置。随着微弱的一声“噔”，锁打开了，郁秋阳的心却被一种反作用力扣住了。他只能用故作轻松来掩藏尴尬，说道：“你挺像狮子座的。”

“是吗？她也这么说过。”

第三章
林间相遇

楚曼朱独自坐在书店里间的一个座位上，翻开了林蓁这本封皮上绣着一扇桃花的灰色布面日记本。郁秋阳认为自己没有资格看林蓁的日记，于是二人商量好，浏览日记由楚曼朱独自完成。如果遇到疑似线索的内容，楚曼朱就用手机将其拍照后发给郁秋阳，一起斟酌解读。

其实郁秋阳不看林蓁的日记还有另外一个原因——害怕受到打击。这些文字必然和“那个人”紧密相关，当然楚曼朱也不会缺席，但郁秋阳在林蓁的日记里是个什么角色，有多少分量？郁秋阳不知道，他也没有勇气知道。

楚曼朱其实也有一些忐忑和矛盾，他特别想从这些文字中增进对林蓁的了解；但同时也担心这些文字所表达出来的对“那个人”的感情会让自己难以承受。果然，林蓁在笔记本扉页上手写的短短三行字就足以让楚曼朱怅然——

桃之夭夭，其叶蓁蓁。

之子于归，灼灼其华。

林蓁 & 陶熠

陶熠——原来这就是他的名字。

楚曼朱有一种想把日记本合起来放回柜子里并且牢牢锁上的冲动，似乎这样就能将陶熠这个挥之不去的影子隔绝在林蓁和自己的世界之外。但此刻，他必须做一个合格的看客，仔细阅读他们的故事，冷静分析林蓁文字中的蛛丝马迹。当然做到全然客观是不现实的，楚曼朱快速翻阅着林蓁的笔记，直到眼光停留的位置上清晰地写着“2012 年 3 月 31 日”。

2012 年 3 月 31 日 云飘晴空 微风化香

我又坐在我喜欢的位置给你写信了。坐在这儿，一抬眼就可以看到门口的梧桐树。就是因为这棵梧桐树，我才决心要把书店搬来这里的，虽然租金是贵了一些。

“桐树生门前，出入见梧子。”

说不定哪天我偶一抬眼，就看到了站在树阴里的你。

还差一个多月就四年了。去年的这个时候，我还依稀记得你的样子，可这才过了一年，几乎要将你的音容笑貌都忘记了。可惜不能留下你的照片。

前天在工大校园遇到一个有点儿油腔滑调的学生，名字好像一个女孩儿名。跟他聊了一会儿，上课差点儿迟到。其实我很少跟不认识的人聊那么多的。

可能是因为他宽宽的肩膀，让我想起了你。

关于他的部分，楚曼朱读了整整三遍，时而皱眉，时而呆笑，时而眼中酸涩。他沉浸在这浅浅又深深的七十八个字里，他想要知道他留给林蓁的第一印象是不是和林蓁留给他的一样美好。他们初遇的记忆从这些文字中一点一滴脱化而出，不可遏止地浮现于楚曼朱的脑海。

那是2012年3月末的一个晴好午后，正值一元复始，草长莺飞。沉寂了一个冬天的草果种子都迫不及待地在此乍暖时节奋力生长、积蓄力量，准备在将至的盛夏拼尽一季的繁华。

楚曼朱就读的西部工业大学地处秦岭北麓，依山傍水。被春时花草一番装点，像是在青山绿水画上又添了些许印象派的色彩：金钟的明黄、虞美人的嫣红、海棠的瑚光、梨花的透白，被蜿蜒于校园草地的思源河簇拥成一团又一团。深的浅的、柔的媚的、亮的暗的，各种色彩被自然妙手调和，亲密得不可开交。

而楚曼朱一向对这些湖光山色和花花草草不甚着意，他的脑袋被各种公式、计划、日程、考试塞得满满当当。可今天他却鬼使神差地被逸夫楼前一片不大的桃树林吸引了去。林中花开得正好，粉俏如胭，烂漫如霞。楚曼朱细看起这些花朵，枝间有粉有白，红有深浅，花开重瓣，黄蕊飘香。偶有风吹过，落花簌簌。

楚曼朱竟一时忘记了时间。他闭上眼睛，感受飘落的花瓣拂过脸颊和手臂，耳畔是蜂蝶舞翅，嗡嗡声不绝。他想到了自然，想到了宇宙，想到了不可抗拒的规律。花开艳丽，吸引更多的蜜蜂；蜜蜂辛勤采蜜，为蜂群提供食物，同时助花传粉；异花授粉，增加植物的生存概率，活跃和平衡整个生态系统。一切都因果有序，协调一致。他又想起不知从哪里看到的一句话："生命是一场偶然，我在其中找寻因果。"他惊讶于自己的浪漫主义，同时又决定彻底否定怀疑主义：难道这一切因果顺畅的自然规律都是人类理性的一厢情愿？去他的怀疑论，去他的休谟！

"落红成阵，风飘万点。"

绵延的思路被不远处的一个声音打断。而楚曼朱却没有一点气恼，因为这个声音跟它诵读出来的诗句一样动听。

楚曼朱寻声望去，看到不远处被花枝隐住的一个背影。他走近了些，却又不敢十分靠近。阳光透过花枝星星点点地洒在她身上，她站在花雨里。她听到了动静，转过身来。四目相对之时，楚曼朱略觉尴尬，一时不知该说什么好，却又急于破冰，便脱口而出道："所以你也喜欢这满树碧桃？"

这句话刚说完，楚曼朱就因为其中莫名其妙的那个"所以"暗自后悔。也许该多了解了解休谟，楚曼朱想。

那女孩儿愣了一下，回答道："还好。谈不上多么喜欢。这里的桃花美是美，但此时已开得太盛了。一树灿烂过后，只剩凋零。相比之下，我更喜欢早些时候的花苞初绽，满树希望。"

楚曼朱再一次不知道该说什么。她的声音好像是从海螺里飘出来的，带着遥远的、温暖湿润的海风，麻痹了他的思考神经。几秒沉默之后，从来对文绉绉的东西不上心的楚曼朱，不知怎的居然也念了一句诗："人面桃花相映红。"

说完这句后，楚曼朱又后悔了。他不知道用这句诗形容面前这个女孩儿是否会显得轻佻。他想不起来这句诗的作者、出处和语境。他甚至开始怀疑这是不是一句诗。他开始怀疑一切。他现在唯一确定的就是怀疑本身。

不过很快，楚曼朱就有了可以确定的第二件事和第三件事，即眼前这个女孩儿的不解不悦和这句诗引用失当。她眉心微蹙，一双杏眼流露出淡淡愠色，说道："这句诗写的是追忆之思。用来形容此刻的一个人，恐怕不太合适吧？"

楚曼朱第三次不知道该接着说什么。他绞尽脑汁想要找到一个能够挽回些许好感的回答，可还没等他想出来，在隐约听到一句“该上课了，我先走了”之后，女孩儿已经不见了踪影。

楚曼朱独自发了一会儿呆后走出桃林，怏怏地看了眼手表。距离上课还有五分钟，估计得迟到了。迟到这件事原本是超出楚曼朱的理解范畴的。时间因不可控而无比强大，对时间的敬畏应该是人的基本常识和行为准则——楚曼朱总是将这句话写在计划时间表上最醒目的位置。他有许多时间表，这句话也就被他写了许多次。从小学开始，楚曼朱就一丝不苟、有条不紊地按照各种时间表生活和学习。当然这极其自律习惯的养成也和他的学者母亲有很大关系，只可惜这位优秀母亲对楚曼朱的积极影响，随着她的自杀身亡戛然而止。

然而这一次，楚曼朱却一点儿也不为迟到感到自责。刚才的事情已经令他自责到了极点，迟到在此刻似乎“不值一咎”；况且，他对于即将开始的这堂课也实在提不起兴趣。

这是一堂英语课，准确来说是一堂“托福考试春季校园合作班”阅读课。楚曼朱对于先前来上过课的两位“托福名师”着实没有太多好感。一位是化学材料专业的英语听力老师，一位是人工智能专业的英语口语老师。楚曼朱的“无好感”不是由于他们的专业不对口，而是因为他们在课堂上过多“炫技”——自诩深谙考试规律，能够让学生在语言功底积累不足的情况下纯靠“技巧”蒙对题目。听课的同学们大多对这些“技巧”倍加推崇，但楚曼朱却对此嗤之以鼻。楚曼朱这样的聪明人，是最知道在学习的时候是必须用笨办法的。不过无论如何，他还是走到了教室门口。

“毕竟他们对考试的熟悉度还是比我高的。取其精华吧！”楚曼朱心说。

教室门开着，楚曼朱轻手轻脚地走了进去，挨着墙走到最后一排的一个角落位置坐了下来。拿出学习用品后，他抬头看向幻灯片投影幕布，上面是讲课人的个人简介：

林蓁

复旦大学英语语言文学系毕业

英语专业八级

托福成绩：119分（阅读30分 听力30分 口语29分 写作30分）

雅思成绩：8分（阅读9分 听力8.5分 口语7分 写作7分）

获得剑桥大学英语教师资格证（TKT）BAND 4

获得剑桥国际英语资格证书（CELTA）

4D Cosmos（四维宇宙）西安国外考试部北美阅读组教研组长

楚曼朱看到了投影幕布前站着的林蓁，惊得差点儿从椅子上掉下去。

的的确确是桃林里的那个女孩儿！

楚曼朱原本一直以为这样戏剧化的“浪漫巧合”大概率不会发生在自己这个几乎没有课余生活的人身上。但当一个小概率事件（被桃林吸引）和另外一个小概率事件（上课迟到）在短时间内接连发生并构成因果关系，而且还妙不可言地和同一个人（林蓁）产生交集时，楚曼朱不得不第一次相信了“缘分”的存在。

三个小时的课堂内容被林蓁近乎完美地呈现——设计精巧周密，节奏富有变化，讲解深入浅出。她将对语言的感悟巧妙地渗透于一题一语，真诚传授而并无炫技。讲台下的五十多位学生，无一不对林蓁的语言功底和教学风格赞叹不已。原来英语语言是逻辑的、平衡的，同时也是感性的、优美的；原来从更高层次去俯视标准化考试并非牛鼎烹鸡，从中可以得到众多的乐趣和收获；原来科学学习与语言习得的许多方法和道理都是相通的，学习语言的过程，就是换个角度领悟这些道理的过程。

楚曼朱也许是教室里唯一的例外，在整整三个小时的课堂学习中他几乎没有一点儿关于托福备考方面的收获。他貌似在听着讲解、记着笔记，但信息压根儿就没有经过大脑的处理，而是从林蓁的嘴边直接飘到了他的笔记本上。楚曼朱的脑海里是灼灼其华的桃粉、霞姿月韵的白衣，是那句低声吟诵——落红成阵，风飘万点。

不过有一件事楚曼朱是清楚感受到的，那就是林蓁是丰富的、多维的、迷人的。站在讲台上的林蓁和桃林里的林蓁判若两人：一动一静，一温煦一清冷；一如朝华满灿烂，一如皎月挂疏离。而无论是哪个林蓁，都让楚曼朱心旌摇曳。他不禁暗自幻想：存在于自己时空里的林蓁会是什么样子？存在于林蓁时空里的他，又会是什么样子？

第四章
灵魂共鸣

不知从何时起，窗外北风散尽，霰雨零落。与树枝仅剩游丝之连的几片梧桐树叶终于承受不住雨水和尘土的混合重量，以优雅的弧度在旋转中落下，后又像画片儿一样被拍在地上，陷入泥淖。最后一缕夏天的气息终于在这一刻被宣布消亡。

楚曼朱继续阅读着林蓁后续的日记。虽然他知道要找的线索大概率不会出现在他急于想看的那篇里，但是他忍不住。没有人能忍得住对于这个问题的刨根究底，那就是：我爱的人到底有多爱我？

2012 年 5 月 14 日 霪雨不复 夏日已至

西安的春季总是很短暂，每每还没来得及跟它说句“你好”，就要挥挥手说声“再会”。才感觉到草长莺飞、春光柔和，不过一眨眼的工夫，气温回升的速度仿佛被按了快进键，在一瞬间就完成了春夏的转换。

而我这四年却好像都困在了同一个时空。日出时起床，上课备课；日落时回家，看书睡觉——这便是一天。春季班过后是忙碌的暑假班，在九月的桂花香中迎来秋季班，而后又在寒假班中期待春天到来——这便是一年。生活的每一环都可以从上一环推演而出，依律而行，没有惊喜。

我觉得这样很好。

不过近两个月来，我倒是有了个新的“规律”——和楚曼朱(那个我在桃林里偶遇的人)短信聊天。一开始他问我关于托福的问题，这些问题应该是经过他的精心思考甚至是设计得来的。他似乎不是在单纯地问问题，而是在挑战出题人、挑战我、挑战他自己。后来他又问有关英语学习的笼统问题，问得很有水平。有时我甚至得查阅一些资料才可以给出恰当全面的回答。我不得不承认他是个天才，是那种放在任何领域(也许除了艺术)都可以成为佼佼者的天才。再后来英语方面也没什么好问的了，他已经青出于蓝。他改问诗词、改问文学，改问我所喜爱的一切。当然，关于这些，我远不是行家里手，仅是兴趣所在，也就谈不上对他有多少帮助。可他似乎并不介意我的“不专业”，还是会天马行空地问，而我只能是力不从心地答。

不知道从什么时候开始，我们之间的短信交流变成了每日常规。我会在每天晚上临近九点时，期待手机指示灯的闪烁。他的短信从来都是在九点准时到达的，只有前天是一次例外。我没有问他“失约”的原因，虽然我很想知道。

我了解到了关于他的许多事情。他颇具女性化的名字，取自一种名为曼珠沙华的异域之花；他本是南方人，高三那年家中遇到变故，错失保送北大数学系的机会，辗转来到西安读大学；我比他大三岁，我们都不喜欢五月；他今年大四，绩点满分、获奖无数，只需要提交像样的语言成绩就可以获全额奖学金去常春藤学校深造；他学的是数学专业，辅修金融。他钟爱数学，他在一条信息中这样写道：“数学是自然的语言，我希望用我所有的时间和精力去解读它。但我不得不学习一些金融，毕竟确保自己能够活在这个世界上是追求真理的前提条件，或者说是代价之一。”

我很佩服能学懂数学和物理的人。

不知不觉写了这么多，还都是关于其他人的。不过你不用担心，我会跟他保持距离。你知道的，我心中真正期盼的惊喜,只有你能够给我——

偶然抬眼时,你的身影恰巧出现在门口那片落英梧桐里。

林蓁用了六百余字让楚曼朱心满意足。更令他惊喜的是,他第一次知道了林蓁对他动心的时间竟然这样早。尽管在那段时间里他们的交流仅限于短信文字这一种形式;尽管在每周末林蓁的课堂上楚曼朱还是坐在教室里那个最不起眼的角落里,几乎一言不发。

也许灵魂的交流,文字足矣。

楚曼朱仰靠在椅子上,微合双眼。读林蓁日记所产生的情绪远比他想象中沉重得多,无论是痛苦的还是甜蜜的。他不禁猜测起下一篇日记的内容。他将日记往后翻了一页,看到了一个再熟悉不过的日期,心里那根存在了许久的刺被猛地拨动了。他立即做了一个决定:再给自己一点儿时间,克服这些沉甸甸的情绪后就结束这种任性的阅读,开始寻找林蓁失踪的线索。

他的确需要一些时间来舒缓悲伤。三年前被林蓁拒绝时的痛感不仅没有随着时间流逝而减弱, 反而在心底发芽,结成了一颗长满了刺的果实,一旦触碰,满手满心都是血。所以楚曼朱决定不看这篇日期为"2012 年 6 月 16 日"的日记。他去洗手间用冷水浸了浸脸后重新坐下，调整好了状态，开始理性地阅读起林蓁的文字。不过在去洗手间之前，他忍不住还是让那三天发生的事情，像放电影一样在脑海中又过了一遍。

那年六月的细雨空蒙里，楚曼朱在林蓁的最后一堂课结束之后便离开了教室。他并没有像许多其他同学一样留下来问林蓁关于备考规划的问题或者和她合影留念，而是径直去了一个地方。这近三个月里楚曼朱先后来过好几次桃林，但都没有等到他想等的那个人。今天他还是来了，他觉得今天应该会有默契，或者说，会有“缘分”。

此时雨暂停，风正好。桃花已谢，披针形的油桃叶密密匝匝地长满了桃枝，间或有几个尚未成熟的小桃果挂在叶间，青亮可爱。楚曼朱看着这些小油桃发呆，心中所想之人的脸颊将这些青绿色的小果生生染成了胭红色。出神了许久，桃林中光线逐渐黯淡，太阳将要落山。楚曼朱心中怅然若失，准备离开桃林，一转身却看见了林蓁。

“你今天终于来了！”“终于”这两个字被楚曼朱说得很重，惊喜之情溢于言表。

“你经常来这里吗？”林蓁心中其实已经有了答案。

“也……也没有经常，偶尔来。今天真巧。”他将右手从裤兜里抽出，下意识地用食指第二关节处蹭了蹭鼻尖，神色里添了一分忐忑,“对了,今天结课了,我们一起去吃顿饭吧。就当是庆祝一下。”

“庆祝?庆祝你们终于摆脱了我的魔爪?”林蓁觉得他紧张的样子很有趣,忍不住想要取闹一番。

“不不,不是庆祝,我用词不当。应该说是——纪念一下。可以吗?我想请你吃顿饭,就当是……对你答疑解惑的回报。”

“我其实也没帮到你什么。你的水平足以碾压任何英语考试,所以真的没什么好回报我的。”听了这话,楚曼朱有些失望,他以为会被林蓁拒绝。其实他早已经想好了,如果林蓁拒绝一起吃饭,他就会提出别的请求,比如以看风景为理由同她在校园里四处走走,或者以天色太晚为借口送她回家。总之,他必须要和她多待一会儿。可林蓁并没有给他实施第二计划的机会。

林蓁接着刚才的话继续说道:“不过……”

听林蓁话锋一转,楚曼朱立即追问:“不过什么?”

“我确实有点儿饿了。我们一起去吃饭吧。我想吃面。”

“你真想吃面?”楚曼朱其实压根儿不在乎吃什么。和她在一起吃,才是最重要的。

林蓁点点头。

“大学城里没什么上档次的饭店,想吃面倒是好办。校门口不远有一家香菇面做得挺好吃。我带你去。”

两个人一前一后走出校园。林蓁跟在后面,前脚一不小心碰到了楚曼朱的脚后跟,刚说了句“对不起”,楚曼朱停下来想说声“没关系”,没想到林蓁却没有停下的意思,两个人又差点撞了个满怀。平常用短信沟通时的轻松默契,现在竟连一点痕迹都没有了。唯一默契的只有一路沉默。

桃林离面馆的距离不算远,但他们感觉走了很久才到。进了饭馆后楚曼朱点了大小各一碗面和一个凉菜拼盘。凉菜端上桌后,两个人还在沉默。邻桌的一位男生似乎也感受到了气氛的尴尬。他“哧溜”一声,将碗里的最后一根面条吸进嘴里,随意嚼了嚼后便匆匆咽下,迅速起身离开了面馆。

竟是一碗热腾腾的香菇面打破了僵局。小份那碗先被端了上来,大份的要等下一锅。面刚上桌,一股掺杂着肉末香、剁椒香、豆瓣香和十足香菇香的浓浓味道引得林蓁味蕾跳跃。不光是香味,这面的色泽卖相也不错。白玉般的手擀面条上淋着赤红色的酱料,上面铺满了大块的香菇并点缀着几片绿意盎然的蔬菜,仅凭视觉就足以让人食指大动。

林蓁不由得赞叹道:“闻着看着就很香!”

“吃着更香。我帮你拌好。”楚曼朱说着,把桌上的那小碗面移到靠近自己的位置,又从筷盒中取出一双筷子,拌了起来。他拌得很仔细,试图让每一根面条都被酱料包裹,他想要确保林蓁在吃的时候,每一口都是味道均匀的。过了好一会，第二碗面都上桌许久了,他才满意地停下。楚曼朱从筷盒中重新取了一双筷子，架在碗上，将碗筷一起推到林蓁面前，说:“你尝尝。”然后他很有成就感地笑了。彼时的夕阳光线柔美,洒在他们身上,没人舍得躲开。楚曼朱的笑迎着阳光,带着新雪在山间融化时的清香。林蓁忍不住将它和世间其他美好事物联系在一起,比如森林里的叮咚泉水,夏风中的薰衣草田,还有街边商店玻璃橱窗里的花朵糖。

林蓁呆呆地看着楚曼朱,很久都没有反应。

“你先吃呀,一会儿凉了就不好吃了。”楚曼朱还以为林蓁是不好意思先吃,便轻声催促着。

林蓁意识到了自己小小的失态,赶忙说:“谢谢你,你也快吃吧。你的那碗放了好一会儿了。”说完林蓁便低头吃了起来。

楚曼朱用刚才拌面的筷子拌好了自己的那碗后便开始大快朵颐。他吃饭一向是很快的:有单词要背,有笔记要整理,有 presentation(课堂汇报)要准备,哪儿有时间浪费在细嚼慢咽上。所谓楚曼朱这样的“学神”和林蓁这样的“学霸”，除去天赋不谈，还不都是苦学而成的?“只见其玩，不见其学”，不过是他们经意或者不经意间将休闲的一面更多地示于人前罢了。

两个人吃饭时又恢复了沉默，因为都习惯了食时不言。菜尽碗空，天色已彻底暗下。在送林蓁回家的请求不出意料地被婉拒后，楚曼朱和林蓁来到了车站，一起等公交车到来。车站此时没有其他候车的乘客，两个人站定后，林蓁笑着对楚曼朱说："谢谢你请我吃这么棒的面。果然顶好吃的东西都在苍蝇馆子里藏着。"

"你喜欢就好。以后请你吃更好的。相信我，说到就一定做到。"楚曼朱也看着林蓁，眼中有光闪动。他还想对林蓁说点什么，可就在这时一辆不识趣的734路公交车进站了。林蓁上车后坐在了一个靠窗的位置，隔着玻璃向楚曼朱挥手道别。

在昏暗的路灯下，楚曼朱看到了林蓁坦率天真、毫不设防的笑脸。以前也不是没见过她笑，可就是不如这个笑令人倾心。在那一刻，楚曼朱被这个笑容彻底俘获。后来当林蓁问他是什么时候爱上自己的，楚曼朱并没有像其他许多在热恋中的人一样给出一个含混不清的答案，而是斩钉截铁地回答说正是在734路车站站台旁晦暗的灯光下。

楚曼朱目送载着林蓁的车缓缓驶离，在心底一遍遍呐喊："相信我。"直到公交车彻底从视线中消失，楚曼朱才想起来有一件重要的事情竟忘了跟她说。他拿出手机，给林蓁发了一条信息：

蓁,不知道可以这样称呼你吗?刚才不知道怎么回事,竟然忘了跟你说正事。后天下午是我们毕业典礼最后一次彩排,我会作为毕业生代表进行演讲。有件事想麻烦你,我想请你给我的演讲内容和技巧提一些改进意见。

楚曼朱一直站在他们刚刚分手的地方,忐忑地等待着林蓁的回复。不多一会儿回信就来了:

好的。Happy graduation(毕业快乐)!

楚曼朱喜上眉梢。一句再简单不过的“好的”,在他看来却有着丰富的含义:一是林蓁同意参加毕业典礼彩排;而更重要的是,她默许了“蓁”这个更为亲密的称呼。

在被爱意柔化的六月夜晚,秦岭送来的山风浸润了花草的气息,在楚曼朱心中吹起层层涟漪。他多么希望林蓁乘着一艘小船,划向他空空的涟心并且永远留驻在那里。除了十八岁的那次,这是他生平第二次感觉到寂寞。他从书包里拿出一个老旧的 mp3 播放器,戴上耳机,选了一首歌曲开始播放,然后徐徐走向学校。

Dragon fly out in the sun

蜻蜓飞舞

You know what I mean, don't you know

你明白我的意思,是不是?

Butterflies all having fun

蝴蝶嬉戏

You know what I mean

你明白我的意思

Sleep in peace when the day is done

白日逝去,安然入睡

And this old world

这个古板的世界

Is a new world

已焕然一新

And a bold world

活力非常

For me

对我而言

Stars when you shine

星光如你

You know how I feel

你明白我的感受

Scent of the pine

松香弥漫

You know how I feel

你明白我的感受

Yeah freedom is mine

自由属于我

And you know how I feel

你知道我的感受

It's a new dawn

这是新的黎明

It's a new day

这是新的一天

It's a new life

这是新生

For me

对我而言

And I'm feeling good

而我感觉正好

第五章
月夜湖畔

两天后的周二，天空如水洗过一般清澈明净，一群鸟儿飞了许久，都无法觅得一丝云彩的踪影。可它们生不起气来，毕竟在这个多雨的季节里，能遇到这样的晴空万里实属侥幸。工大绿茵茵的草坪上十几个喷水器卖力地洒着水，一道道弧线优雅的水流散开后形成水雾，在阳光下折射出马卡龙色系的彩虹，给毕业生们的青春添上了最后一层肥皂泡般的梦幻滤镜。

下午五点半左右，林蓁依约出现在工大校园门口。穿着一身银领黑色学士服的楚曼朱已在此等候多时。看见林蓁缓缓走来时，周围的人事和风景都淡化而去，他的世界里便只有她一人了。

“你今天……从来没有见过你穿红色的衣服，挺好看的。我……我刚来。咱们进去吧！”

听了楚曼朱这三句前言不搭后语的话，林蓁笑着“嗯”了一声，随即跟着他走进了学校大门。

毕业前夕的工大校园里，离别的感伤被暂时搁置在了缓冲区，此时只有青春正好的沸腾，阳光里尽是恣意风流的欢声笑语和转瞬即忘的打趣寒暄。校园里的每一个地方都有人，每一个人都忙得热火朝天。有三五个聚在一起拍小合照的，在草坪上、喷泉旁或是台阶上，一边摆出各种活泼奇异的造型，一边催促着挑剔的摄影师：“快点儿快点儿，别浪费我们的表情啦！”思源河畔有一块较为开阔的空地，刚好在树荫之下，已经被校园乐队的乐手们捷足先登。他们从早上十点就开始演奏，此时已有些疲惫，乐曲一度低沉下去后，又转而变得有力，原来是乐手们突然意识到有校园记者在一旁拍摄。离思真湖不远的篮球场上，有个男生从纸箱中取出许多小蜡烛，把它们摆成了爱心形状。这些蜡烛将在太阳落山后被点燃，寄托最单纯的爱意和表白，映照在某一位幸运女生的眼里。

“蓁，今天光线不错，我们也合照一张吧！”

“好啊！”林蓁今天的心情似乎被这热烈的气氛渲染得格外明亮。

“不过可能得用你的手机照，我的手机没有照相功能。”楚曼朱略微有些不好意思地说。

“好。找一位同学帮我们照一下，然后发你邮箱。”于是两个人以那片初遇的桃林为背景，笑容被定格在这难得的六月灿烂的阳光里。

合照之后楚曼朱带着林蓁去往大礼堂，里面即将进行毕业典礼的最后一次彩排。大礼堂是一个顶部为半球状的高大建筑，外表覆盖着蓝色玻璃，玻璃上映着碧树繁花，好似一个巨大的温棚。半球的中央有一个突出的灯塔设计，因为天色尚早，若不仔细看，还看不出它此时已经点亮。

两个人走进礼堂，里面已为彩排准备就绪。楚曼朱将林蓁安顿在座位后便去后台准备演讲事宜。大礼堂布局严谨，气氛肃穆。演讲台正中的深红色幕布上印着白色三角加浪花的校徽和一行大字——“西部工业大学 2012 届毕业典礼暨学位授予仪式”。主席台桌子上覆盖着绛色的丝绒桌布，在灯光的照射下泛出光泽，好似红海中漾开的一层层水波。礼堂分上下两层，间隔之处用绯红色的帷幔装饰，上面印着十一个金色大字——“奋斗是青春最亮丽的底色”。

楚曼朱在舞台昏暗的一角等候着上台的时间。他向林蓁坐着的方向望去，只见台下观众寥寥无几，林蓁亮白的皮肤让楚曼朱一眼便看到了她。她僵直地坐在座位上，几乎一动不动。楚曼朱看不清她的表情，但隐隐觉得她有一些不安和紧张。

“现在请毕业生代表、省级优秀毕业生，数学与统计学院楚曼朱同学上台发言！”

楚曼朱走到了发言台的位置，调整好话筒高度，开始了演讲。

尊敬的各位老师，亲爱的同学们：

大家早上好！我是数学与统计学院 2012 届本科毕业生楚曼朱，很荣幸能够在今天这个特殊的日子里代表 2012 届毕业生发言。

四年前，我们从祖国的各个地方相聚在这片秦岭山脚的土地上。我们一起见证了母校的成长，比如综合楼的拔地而起、音乐喷泉的曼妙灯光。母校也见证了我们的成长，四年间我们不断获得国家级科技大奖，为母校增光。到今天，我们与这里的缘分，似乎要画上一个句号了。有些同学选择到别的城市发展，有些同学选择去其他学府深造，我们将要各奔东西。也许一些同学会偶尔回来看看，借以凭吊青春；然而也有可能，此一别即为永别。

对于我来说，无论是哪一种，母校都将被我一生铭记。

因为我在这里确定了我的毕生热爱。我从小喜爱数学，高中时本来有机会保送北大数学系，但是命运的阴差阳错让我来到了这里。现在想来，这也许是我与母校的缘分，我倍加珍惜。我感谢我的专业课导师王历莘博士对我的关爱和启迪。他常常和我一起坐在思真湖畔的长椅上探讨数学问题，我尤其喜欢湖名"思真"二字。数学就是一切自然科学学科的"真"。新理论、新方法和新学科的产生，无一不是由数学思维和数学知识的良好运用归纳演绎而成。华罗庚教授曾经说过："宇宙之大，粒子之微，火箭之速，化工之巧，地球之变，生物之谜，日用之繁，无处不用数学。"我想狂妄地更改最后一句为："无处不源于数学。"探索数学之"真"，是我毕生所愿，尽管前路漫漫，荆棘丛丛。希望我能够不忘初心，有始有终。

这里是我扬帆远航的起点，我也希望这里将会是我学成之后的归宿。因为这里有与我血肉相连的同胞，还有我爱的人——她现在就坐在下面。我计划于今年秋季去美国攻读研究生，学成之后将重归祖国，与爱人团聚。

发言完毕后楚曼朱走下舞台，坐在了林蓁身边的座位上。他小心翼翼地打量着林蓁，她的脸淡漠透明如一朵水做的花，看不出一点情绪或态度。是同意？是拒绝？或者是不置可否？什么也看不出来。楚曼朱想再仔细看清楚些，礼堂中的灯光却突然暗了下来，原来是有合唱节目将要上演。楚曼朱此刻是看也看不见，说也不能说，只好安安静静地欣赏节目。灯光缓缓亮起，音乐也悠悠奏起，是一曲《送别》：

长亭外，古道边，芳草碧连天。晚风拂柳笛声残，夕阳山外山。

天之涯，地之角，知交半零落。一壶浊酒尽余欢，今宵别梦寒。

长亭外，古道边，芳草碧连天。晚风拂柳笛声残，夕阳山外山。

天之涯，地之角，知交半零落。一壶浊酒尽余欢，今宵别梦寒。

只有四句话的歌词被反复吟唱，每一句都有着巧妙的处理，听来变幻丰富，层次分明。第一遍由童声开场，轻灵地勾勒出远山般的缥缈意境。男低音演唱的第二遍道尽了离别的落寞与伤感，后又有女声部加入，于这清冷之外更添上了柔美绵长。最妙的是结尾的处理，“一壶浊酒尽余欢”唱完后，人声和乐器声都戛然而止；再由钢琴独奏音缓缓过渡至最后一句“今宵别梦寒”，余音袅袅，感人至深。合唱表演结束了大约两分钟后，楚曼朱逐渐从词曲中回过神来。

他转头看向林蓁。观众席灯光暗淡，看不真切，但隐约感觉她的眼里有泪光流转。楚曼朱想问问她怎么了，正要开口，林蓁突然起身，留下一句“不好意思，我不想待在这里。”后，便离开座席，疾步朝礼堂大门走去，更准确地说，是跑去。楚曼朱一时没反应过来，愣了好一会儿才追了上去。

追至门外已不见了林蓁。此时天色已黑，楚曼朱心急如焚，担心她的安全。他突然想到桃林，急忙向那里奔去。痴跑到了桃林，寻了半天也不见林蓁的踪影。他乱了方寸，看见桃林边上有一对情侣相拥呢喃，也顾不上许多，过去便问：“同学，请问你们有没有看到一个穿红裙子的女孩儿，很白很漂亮。”情侣中的男方显然不满这样浪漫的气氛被一个没有礼貌的家伙所破坏，没好气地说：“没见没见！不会给她打电话啊！”虽然他态度不好，提出的方法却十分实用。急糊涂的楚曼朱这才拿出手机，发现早在五分钟前林蓁就给他发了一条信息：“我在湖边等你。”

桃林在礼堂的东边，思真湖在礼堂的西北方，楚曼朱又急匆匆地朝反方向跑去，到了湖边已经是气喘吁吁。当他看到林蓁好端端地在湖边长椅上坐着，一颗悬着的心才算是落了下来。

林蓁带着些许抱歉的语气对楚曼朱说道：“对不起，让你担心了。你过来坐吧，这个角度看月亮正好。”楚曼朱调整气息后走过去，坐在她旁边，半关切半试探地问道："你怎么了？是不是那首歌唱得太伤感了？"

一对贝壳银色的月牙儿珠璧交辉，一个在天上，一个在湖里。不远处的心形蜡烛已被点燃，烛火在明灭跳动中给六月的夜晚添上了悸动柔情。在这样的夜晚，月光也有了灵性，有些散作一湖碎星，有些跳跃着掠过湖面，顺着青草香的软风拂过两个人粉桃般的面颊。

"这首歌很打动我。"林蓁说着，试图用右手将一缕长发拢在耳后，不想刚弄好就又滑落了下来。楚曼朱禁不住想要帮忙，刚伸出手去，林蓁的身体条件反射般地向后缩了一下。他只好收回手来，转而挠了挠自己的头发，以缓解此刻的尴尬。

林蓁挪了挪坐位，离楚曼朱远了些。她看着湖中的月亮，声音轻柔地说："你知道吗？这首歌是李叔同填的词。因为词和曲完美融合，天衣无缝，很多人都误以为曲也是他谱的，其实不是。曲子早在美国南北战争时期就由一位美国作曲家谱写而成了。后来辗转流传至日本，《送别》的曲调其实是此曲的日本版本。弘一法师填词后，《送别》在中国流传甚广，几乎家喻户晓，人人吟唱。后来又出现很多个版本，道尽天下别离。"

楚曼朱有些吃惊——林蓁除了在课堂上，很少像现在这样话语连珠。而林蓁还没有要停下来的意思，继续说："一支曲，可以漂洋过海，从美洲到亚洲，从日本到中国。一首歌，可以有多个版本、多种解读，但只有在某个时刻和某个人的心境产生强烈共鸣时，才会被那个人念念不忘。我最喜欢的《送别》版本，其实不是刚才他们唱的那个。我的版本不止四句词，还有别的两句——'问君此去几时还，来时莫徘徊。人生难得是欢聚，唯有别离多。'在这个版本中，前来送别的不是友人，而是爱人。"

听到这里，楚曼朱突然明白了什么。他喉咙一紧，嗓子眼儿里像是卡了个小弹簧，发出的声音有些颤抖："你刚才说，歌只有和一个人的某一刻产生过共鸣，才会被念念不忘。你又说，你最爱的那个版本里，送别的是爱人。你的意思是……你跟你的……爱人……"楚曼朱说不下去了。

"对，我就是这个意思。你真的很聪明。"林蓁将目光从看向湖水的方向拾起，转头看着楚曼朱，眼神坚定，"这个版本是我的最爱，因为几年前正是在这首歌中，我送别了我爱的人。那时是在五月末。"

"你爱的人……从来没有听你提起过。要是你早点儿跟我说……现在说这些，就是为了拒绝我，对吗？"楚曼朱笑了，笑自己的自不量力。他连林蓁的过去，连林蓁有没有过爱人都不知道，就自以为足够了解她，自以为她对自己也有好感，自以为向她表白的时机已经成熟。这是多么可笑的自负！

楚曼朱声音里满载的痛苦并没有让林蓁的拒绝婉转半分："是的，我必须拒绝你。因为我会爱他很久很久，也许是永远。我不能给你不切实际的幻想。这几个月以来，是我没有对你保持足够的距离，不过以后……"林蓁的声音依然平静，可是她没有再说下去。

楚曼朱第一次知道了原来"心痛"这个词说的不仅是情感状态，还有生理层面。他感到心脏周围的每一根血管都在急剧膨胀，再多一点压力就使之迸裂了。在这令人窒息的膨胀感逐渐消失后，他又感觉周围的空气中好像布满了看不见的小针，随着他的每次呼吸刺痛着他的喉咙和眼睛，让他禁不住想要流泪。他仰起头，望着天上的月亮，许久后说了一句："以后……我们还能做朋友吗？"

"你就要去美国了，在那里你会有很多朋友。刚才你不是说——'此一别即为永别'。"林蓁说这句的时候声音极小，但在楚曼朱听来无异于五雷轰顶。

林蓁从长椅上起身，而楚曼朱却没有力气站立。林蓁面对着楚曼朱，微笑着说："楚曼朱同学，祝你找到一个深爱你的人。祝你幸福！"

林蓁离开了。

楚曼朱还是坐在长椅上一动不动，呆呆地望着月亮。过了一会儿，林蓁的声音从稍远处飘进了他的耳朵里："请你记得这里的灯塔，忘了我吧。"

楚曼朱想再说些什么，可他没有力气追上去。他顺着林蓁离开的方向望去，看到东边大礼堂的灯塔，此时在黑夜的衬托下光华尽现。灯塔源源不断发出淡黄色的光，圆形的光晕朦胧而又温柔，仿佛是第三轮月亮。

"请你记得这里的灯塔，忘了我吧。"

这是那年夏天，林蓁对楚曼朱说的最后一句话。这句话像影子一样伴随了楚曼朱后续的三年时光。三年之后当楚曼朱在上海某咖啡厅"偶遇"林蓁时，脑海中第一个闪现出的关于她的记忆，也还是这句话。

第六章
她的日记

郁秋阳给自己调了一杯拿铁,端着咖啡杯坐在了林蓁常坐的位子上。他不禁猜测起这个位置被她偏爱的原因——此处恰好可以将那尾红鱼和那株梧桐尽收眼底。眼光循着鱼儿游走，也许不多会儿便能随着鱼儿尾迹的弧线跃入树叶里。他又想起了三年前的那个夏天,那时的樱桃灯鱼还在草缸里悠然自得,那时的林蓁在他眼里还是个简单的、没有故事的女孩儿。他向门口看去,仿佛看到了那个莽莽撞撞一脚跌进归来书店的自己。他浅饮了一口拿铁,心中泛起时光倏忽、物是人非的感慨。正在出神之时,手机响起了信息提示音,叮咚一声将他拉回了这个风雨晦暝的冬日向晚。

楚曼朱发来的照片上是林蓁隽秀的字迹：

2010 年 5 月 25 日 多云无风 阳光一二

选择这个日子让书店开张，我想你明白其中原因。书店的名字是“归来”，我想你也明白其中原因。不过你明白归你明白，我怀念归我怀念，两不相干。

是的，我想念你，强烈到无计可施。我本是想给你写信的，可是我不知道你的地址，我连你此刻在哪个城市、哪个省份、哪个国家都不得而知。我只好像这样，把想要给你写的“信”，都写在这里。

可笑的是到现在我还怕雨。震后的那几场雨连同对余震、疾病和未知的恐惧浸透了我的记忆。恰恰是在这样的雨里，你不得不离开我。你让我开一家书店等你，你说你一定会找到书店、找到我。我当然是不信的。中国有许多的城市，城市里有许多的书店，你要如何才能找到我？我只能将你的承诺当作是一个善意的谎言，却无法责怪于你。

这两年里，我想了很多办法找你，结果令我绝望。你说过你所在的部队是特殊编制，行踪绝密。我只好听你的话，寄希望于你的信守承诺。也许你有特殊的方法找到我。既是无计可施，我只好守株待兔。

这个书店会一直开下去，目前我只能负担得起开在较为偏僻的地方。下个月我就转为正式员工了，课时费和底薪会涨一些。等我攒些钱就把书店搬到人多的地方，你也许会更加容易找到我。我这份工作可以不用坐班，没课的时候我就会来书店，等你。

郁秋阳刚看完，接着传来了第二张照片：

2011年3月10日 晚风细细 月朗星疏

今天是我二十四岁生日。从这一天算起，往前推六年是十八岁的懵懂花季，往后推六年是正值三十的而立之年，所以我跟你说过我对这一天非常期待，你说这一天你会陪我一起度过。这无疑使我的期待升级成了期盼。

今天我请了一天假，早上七点钟我就来到了书店，现在大约是晚上十一点三刻，所以，我只剩下一刻钟的时间好期盼了。会不会在下一个瞬间你就带着月色从门口走进来，眉头微蹙着对我说："抱歉雨蓁，让你等了这么久。"

你知道的，自你把我从地狱般的废墟中拉出，对我说"好好活着"的那一刻起，无论让我等你多久都可以。

错过了二十四岁的生日，往后还有很多的生日可以一起度过，所以你不要自责，我已经原谅了你的小小食言。我依然期盼有一天，你能平平安安地出现在书店，充满歉意地对我说："抱歉雨蓁，让你等了这么久。"

忘记告诉你了，我前些天改了名字，把里面的"雨"字去掉了。以后你叫我"蓁蓁"就好。

郁秋阳明白了这个一直处于暗处的"情敌"要比楚曼朱强大百倍。"救命之恩" 这种情节让旁观者看来兴许落入俗套，但对于当事者来说，由它所衍生的无论何种情感都注定刻骨铭心。当看到"地狱般的废墟"这几个字时，郁秋阳的心仿佛被钝器重击了几下。他喝了一小口咖啡，喉咙好像被烫肿了一般涩涩生疼，而咖啡的温度明明正好。郁秋阳分了好几次才把咖啡咽了下去。

他给楚曼朱发了条消息，手有些颤抖："林蓁在废墟下被困了多久？"

大约三分钟后，他收到了楚曼朱的回复："六十九个小时。沈肖给我看过相关资料。当时搜救队队员找到她的时候，她的周围是一层层的尸体。"

隔了一分钟后又有一条消息传来。郁秋阳以为是新的照片，一看却还是楚曼朱的文字："她到现在都不让我从背后抱她。"

郁秋阳闭上眼睛，将头埋在双手里，想象着那个林蓁在其中足足待了六十九个小时的恐怖场景——

她被困在狭小的空间里，几乎动弹不得。她的意识从剧烈晃动和疾速坠落所造成的昏迷中逐渐苏醒。浅色的衣服被血水浸染成红色，当然她自己是看不见的，因为周围是彻底的黑暗。她下意识地伸手想感知一下周围的环境，不料刚抬起手来就听见了一声痛苦的呻吟。她吓得不敢再动，屏息静听后才发觉这空间里还混杂着其他声音。有的像大口喘着粗气，有的像沉沉叹息，有的像是从胸腔中费力挤出的游丝般的抽泣。不知过了多久，这些声音都渐渐减弱，直至完全消失，只有间或的液体滴落的声音在这个空间里回响，她以为是雨水。但其实她此时所处的深度，雨水根本无法渗入，那是从上层尸体中滴下来的血水。又不知过了多久，这些滴滴答答的声音也逐渐消失，这片空间陷入了彻底的寂静——一种比黑暗还要让她恐惧的寂静——这是死神的声音。

郁秋阳想象着废墟里的林蓁，共情着她的恐惧、孤独、无助与绝望。他多么希望自己才是救出林蓁的那个人！然而他们并没有这样刻骨铭心的缘分，无论他多么爱她。也许这就是情深缘浅——秋日的阳光，再温暖和煦也不是那么应景，已经过了叶子最需要它的时节。

郁秋阳陷入了深深的痛苦和挫败感中。不知过了多久，手机再次传来了消息提示音。郁秋阳强打起精神，他知道现在不应该是被负面情绪支配的时候。他将杯中的拿铁一饮而尽后，打开了手机。

2012 年 6 月 19 日 晴日温暖 初夏已至

最近有些伤风感冒，今天好些了，就想给你写信。

前些天跟你说楚曼朱向我表白了，你会吃醋吗？我多么希望你会，兴许这样你就会更加迫不及待来见我。但我总不忍心让你担心着急，我已经拒绝了他，拒绝得很彻底。既然决定了要等你，那我就不会让他抱有希望。

这是我能给他的最好的毕业礼物。

在渺茫的希望中等待，是最让人愁苦的事。

盼望你将我从这样的愁苦中解救，也许从给我回复消息开始吧。我给你发了许多条消息，186××××××××——你的手机号就是你的生日，我不可能记错的。

所以，明天就是你的生日了。明天我请好了假，一整天都会待在书店里，希望能等到你一起庆生。

提前祝你生日快乐。

2012 年 6 月 19 日，这正是郁秋阳第一次来到书店的日子。原来当时林蓁在门口座位的那片树影里，写的就是这篇日记；原来第二天一大早林蓁就去了书店，是为了等陶熠。原来他们的故事，从一开始就沾染了陶熠的痕迹。

郁秋阳摇了摇头，苦笑一声后止住了回忆。他给公安局的朋友发了一条信息："帮我查一个号码：186×××××××。可能有林蓁的线索。谢了。"

刚发完，楚曼朱的下一张照片就来了。

2014年5月13日 阴云蔽天 小雨微微

我在手机上下载了一个应用程序，可以累计纪念日天数的那种。上面显示着今天是你离开我的第2179天。这些天里，书店经历了开张、搬迁，并且有了第一位员工。他是一个暖如旭风的人，叫郁秋阳，人如其名。他帮我打理书店，比我更像是书店的主人，我是非常感激他的。而对他的好意，我只能用知己之情去回报。亏欠的人只能按着顺序一个个还。让我先把欠你的还了吧！

这2179天里，希望和失望不断交替循环——失望是基调，希望越来越渺茫。可就在今天，我又看到了一线曙光。

下午的时候有位姓沈的警官来找我，问了我一些问题（这些问题有些甚至涉及我的隐私，所以他对我的背景应该是做了一番调查的）。我隐约感到他也许认识你，尤其当他告诉我他曾在部队受过训练时，我愈发喜出望外。

他临走时跟我说，只要我在他需要的时候帮他完成一件事，他就会帮我达成心愿。我已经厌倦了等待。既然等你不来，那就让我走向你吧。

“暖如旭风”“人如其名”。郁秋阳在心里将这八个字重复读了许多遍。他突然感到如释重负，郁结了三年之久的感情负荷在那一刻清零。这篇日记，像是一首情诗的句号，一封情书的落款，林蓁用“知己之情”和“先来后到”给了他一个交代。而他现在所求的，也不过就是这样一个差强人意的交代。

片刻之后，楚曼朱又接连发来了两篇日记，郁秋阳一一仔细浏览。

2015 年 9 月 28 日 小雨渐停 日浮朵云

昨天是中秋，我抽空从上海飞回来了。那年以后的中秋我都是和爸妈一起过的，今年也不想例外。

那时的映秀，晚上是很难见到月亮的。有那么一次，一轮圆月逃出乌云织就的黑网，大约露面了半小时，让我有幸看到。那时我才明白为什么圆月一直以来是许多人的寄托。因为她温柔、亲切；因为她长久陪伴、规律永恒。

“昔年八月十五夜，曲江池畔杏园边。今年八月十五夜，湓浦沙头水馆前。”

月亮永远都是那轮月亮，遥遥地挂着、静静地亮着。看着她，就好像看着老友，看着时间，看着整个人生。

怎么只顾着说月亮了。似乎已经好些天没有给你写信和发消息了，很抱歉。这几天里发生了一些重要的事。

我在上海的一家咖啡馆遇到楚曼朱了，就是三年前被我拒绝的那个人。我本以为是偶遇，但没想到是有人安排的。安排我们相遇的人就是那位沈警官，他是来兑现承诺的。

终于！

你还记得他给我的承诺吗？他说只要我帮他完成一件事，他就会帮我找到你。他给我的任务，虽然不是很容易完成，但是我一定会做到。

下一个中秋，有你才是真正圆满。

2015 年 10 月 9 日

这是一个骗子的游戏

参与者全是骗子

有着真善美的伪装

你骗我说你会找我

他骗我说他会帮我找到你

我也是个骗子

我骗他说我爱他
我还骗我自己
说我不爱他

第二篇日记的字迹和内容都有些凌乱。郁秋阳看了好几遍，终于大致猜到了林蓁的境遇——一张由希望和谎言编织的网将林蓁捕获。她仿佛伸手就能摘到嵌于网上的珍珠，却在触碰网壁的一瞬间，珍珠变成了气泡破裂开来，消散不见。

此时的楚曼朱读完了林蓁所有的日记。他合上了笔记本，闭上眼睛，努力回忆和林蓁重逢的故事。他时而尝试扮演林蓁的角色，时而又依据自己的记忆，将在上海所发生事情的种种细节进行拼凑。他想要给这个始于“云端漫步”的故事一个合理的结尾，因为林蓁的去向应该就藏在这个故事的结尾里。

第七章
云端漫步

2015年上海的秋季，让林蓁这个来自北方的客人感到恍惚，甚至一度以为自己弄错了季节。在这个九月里，季节交替还欠缺最后一丁点儿力量。夏季似乎急于想在这座城市中落幕，匆匆离开时忘记将其残痕收拾干净，留在枝头的树叶还是保持着八月的模样，绿油油、湿漉漉的，只有少数几片急性子的叶子于边缘处泛着些许焦黄。二十余天后，它们会随着街道拐弯处的一场秋风，盘旋落下，缓缓掉进秋天编织的土壤里。

而林蓁家乡的九月是炽烈旺盛的，它往往用漫山遍野的红黄色彩顷刻之间将夏季取而代之。若有一夜秋雨，便更是残荷肃清，枫林尽染。空气是毫无一丝杂质的爽朗，清澈到发甜，倒像是风信子飘香的初夏。上海九月的空气也是干净的，这种干净仅限于一尘不染，却因充盈着沉沉水汽而爽利不足。这里的桂花开得早些,香气附着在水汽上面,闻起来只觉清幽惆怅。大学四年的生活没能让林蓁适应南方的秋天,那时她总喜欢挑拣出某些个无事可做的晴好午后,随意散步在人迹罕至的弄堂,感受最接近家乡的秋意。

可惜此次来沪的第一个周末下午并非晴好。在秋风飒飒、秋雨淅淅中,林蓁独自一人来到一家咖啡馆,赴一场让她略觉蹊跷的友人之约。邀约者叫许丹妮,和林蓁是大学同学,关系实属泛泛,毕业后的六年里未曾联系,却突然在林蓁此次来到上海的第一天打来电话,说周末请喝咖啡。林蓁赴约,因为她想得到一些问题的答案,比如许丹妮是如何得知她来到了上海,又是如何得到她毕业后就更换了的手机号码的。还有,让林蓁更好奇的是,自己为何突然间得到了许丹妮的"垂青"?

相约的地点在泰康路田子坊里一个名叫"云端漫步"的咖啡厅,地点是许丹妮选的。这也让林蓁觉得奇怪,因为据她所知,上海本地人并不喜欢去田子坊那样游客如织的闹市。不过兴许是天气的缘故,今天的田子坊倒不似她印象中一般热闹熙攘。西式建筑的砖石外墙被雨水洗刷得干干净净,在朦胧烟雨中泛出青灰色的雾气,显出了一丝难得的老上海气息,仿佛是十几年前的马路集市所吐出的南柯一梦。青石路两旁立体地种着许多绿植,有龟背竹、绿萝、虎皮兰、吊兰等。

这些花草被精心养育在各种各样的花栅、花坛、花篮里，有些露于阁楼，有些悬于空中，有些摆于路旁，层叠错落、随处可见。贴心的商户于主路半空中悬挂起两纵排彩色油纸伞，游客在伞下行走，省去了撑伞的不便。雨天光线晦暗，各色各式的商铺提前亮起了灯，斑斓的灯光和油纸伞在弄堂尽头汇于一点后，一同消失在蒙蒙水雾里。

林蓁提前几分钟来到了咖啡厅，选了一个偏僻角落的座位坐下。当她正准备给许丹妮发微信说她已经到了时，许丹妮的电话恰巧来了："林雨蓁啊，非常 sorry（对不起）！估计你都到咖啡馆了吧？是这样，我家豆丁突然不舒服，我带它来了宠物医院，这会儿还在检查，恐怕今天要失约了。真是对不住，下回一定好好招待你。"

"没事，理解。你忙你的，改天再约。"

在许丹妮低声说了一句"感谢理解，再会。"之后，两个人同时把电话挂了，彼此都心知肚明应该是不会"再会"了。林蓁无奈地耸耸肩，轻笑了一声。看来那些问题的答案是无人给出了，那么就在这里好好享受一杯咖啡吧。

林蓁点了这家店的招牌饮品，名叫"云端雪"，其实就是加糖的美式咖啡。林蓁很少喝加糖的咖啡，但这次却挺想尝尝，因为这糖加得有趣。"云"是一朵挂在金属支架上的白色棉花糖，棉花糖的下面放着一杯清咖。当咖啡的热气徐徐上升，恰好和棉花糖相遇，融化的糖滴滴落下，尽收杯中。

林蓁盯着“云端雪”入了迷。棉花糖起先是柔软蓬松的，遇到带着咖啡浓香的热气后变得潮湿干瘪、失去形状，流下眼泪般的乳白色糖液。糖液先是断断续续地以小滴状落下，后来变成絮状一缕一缕地落下，最后又变成块状，越落越大、越落越密。林蓁很想变成拇指姑娘，仰浮在咖啡杯里，欣赏这场“漫天飞雪”。大雪纷飞的景致，在西安可是越来越少见了。

待“云坠咖成”之时，林蓁拿起咖啡勺搅拌起来。残存的糖豆、糖絮和糖片在旋转力的作用下，未能挣扎几秒钟就完全溶化了，和着咖啡散发出浓醇的香味。林蓁放下咖啡勺，端起杯子正准备抿上一口，不料想从正前方传来了一个声音。她心头一颤，差点儿失手掉了杯子。

正是那个被她锁在记忆里整整三年的声音。

“林蓁，竟然是你。”

和以前相比较，楚曼朱的声音低沉了不少，但林蓁还是一下子就分辨了出来。那种金属质感的音色，只属于楚曼朱。

此时咖啡店里人满为患。有个调皮的孩童跑到林蓁旁边的位置坐下，用一把木质的咖啡搅拌棒玩儿起了挑竹签的游戏，时不时迸发出高兴的笑声或是失望的叫声；有一对穿着情侣卫衣的高中生正款款地说着情话，吴侬软语的柔婉动人让两个人发挥到了极致；有服务员不小心将咖啡洒在了一位女士的高级长裙上，一人唯唯诺诺，另一人得理不让。但当林蓁抬起头来看到楚曼朱时，身边的嘈杂喧闹全都被消了音，林蓁的耳边只有三年前他们初遇时楚曼朱对她说的第一句话："所以你也喜欢这满树碧桃？"

回神看现在的楚曼朱，早已不再是那个穿着半袖T恤衫和篮球鞋，在桃林里痴望着她的青涩少年了。他穿着一件纯白色圆开领棉质打底衫，外面套着一件深色休闲款西服，裤子比上衣的颜色稍浅一些，脚上是一双皮质白色板鞋。这些衣服的品牌不甚明显，细腻的质感和完美的剪裁却低调地透露出不菲的价格。他手腕上戴着一只手表，上面镶满的细钻石折射出点点冷光，让林蓁想到了他以前那双神若寒星的眼睛。

此时再看他的眼睛，却只能看到一片星光殆灭的空无。

林蓁的心仿佛被狠狠揪了一下——这三年的时光，楚曼朱也许并不像表面看起来这般光鲜。她想知道这三年里楚曼朱都遭遇了什么，可又不好直接询问。对他的关心只能化作寒暄，就像此刻窗外的秋雨细细、秋风无声。

"很高兴见到你，楚曼朱，没想到这么巧。你怎么会在上海？你……从美国回来了吗？"这两个问题一出口，林蓁就有些后悔。上海这座金融魔都，最不缺乏的就是致富奇迹。白手起家、天降横财、一步登天的剧本，不挑演员、不挑观众，随时随地即兴上演。对于楚曼朱来说,三年时间足以让他的人生发生质变——一年拿到美国高校硕士学位，再用两年时间打拼奋斗,事业小成也是在情理之中——毕竟他同时拥有最聪明的大脑和最坚韧的勤奋。时间在这种人的世界里仿佛走得慢些,因为他们总是争分夺秒。

这样想来,楚曼朱如此出现在上海闹市的咖啡厅里似乎也是合情合理的,这更使林蓁刚才的问题显得唐突。明明想好不着急问的,怎么就这么沉不住气,林蓁心想。她的左手在桌子底下攥成拳头,指甲尖戳得手心生疼。

“我可以坐在这里吗？”楚曼朱指着林蓁对面的椅子问。林蓁点头后,楚曼朱轻轻拉出椅子,走到椅子前面,缓缓坐了下来。整套动作仿佛是他故意调慢了速度——在林蓁印象中他并不是这样慢悠悠的性格。

他回答了林蓁刚才的问题:“我现在在上海工作。今天周末休假,我和同事来这里喝杯咖啡放松一下。你……你还好吗？你怎么也在上海？来旅游吗？”

林蓁被他这一串问题问得有些放心了——原来他跟自己一样有些忐忑。林蓁攥紧的手缓缓松开,说道:“我来这儿参加培训,上海有我们公司的总部。对了,这里的特色咖啡挺有趣的,你瞧,就是这个,叫作‘云端雪’。不过这会儿棉花糖已经化了,刚端上来的时候挺有意思,你要是早点儿过来就能看到。”

说完后林蓁笑了。

三年前林蓁在讲台上的笑让楚曼朱心旌摇曳；林蓁在734路公共汽车上的笑让楚曼朱坚定了对她的爱意；林蓁在月夜湖畔微笑着说出的那句“祝你幸福”又让他痛彻心扉。而林蓁此时此刻的笑，让楚曼朱记起了她过去所有的笑。时空被拉平延展，两个人坐在相隔三年的时间两端，莞尔相视。

“你还是以前的你，挺好。”说完这句后，楚曼朱将目光转到了林蓁手里的咖啡杯上，清了清嗓子，继续说道，“而我却变了很多。”

那一年的上海，各式各样的咖啡厅约有四千多家。有商业气息浓厚的快消连锁式咖啡店，有擅于营造氛围的主题咖啡屋，也有分布于旧时租界区的老上海咖啡馆。在这些大大小小、噱头各异的咖啡厅里面，一个人选择其中一家进去喝上一杯，小坐片刻的概率，大约是四千分之一。2015年的9月，跟平常的9月一样，一共有三十天。适合喝咖啡的时间按照每天十个小时计算的话，某个人选择其中一小时去喝杯咖啡、小坐片刻的概率，大约是三百分之一。那么，某两个曾经相识的人，在上海9月的同一个时间、同一个地点因为喝咖啡而重逢的概率，大约小得可以忽略不计。因此，楚曼朱只能将他们的重逢解读成“缘分”，就和他曾经这样解释与林蓁在工大教室的第二次见面一样。两段“缘分”相隔三年，从西安到上海，兜兜转转，绕回林蓁。在重遇林蓁后的度日如年的三天里，楚曼朱想到了一个可以为这种“极小概率的巧合”定性的成语，那就是——命中注定。

楚曼朱的这三天貌似稀松平常。早上六点半起床跑步，洗完澡后一边吃早餐一边看电视上的财经频道节目。八点到公司参加晨会，分析市场信息和业务情况。八点半左右回到自己的办公室，一边品尝刚煮好的美式咖啡，一边回应接踵而至的电话。在挂断最后一通电话到开盘之间的十五分钟里，他会坐在椅子上，飞速整合信息并且理顺思路。随后闭目养神，短暂地放空大脑，进入高度冷静的状态以迎接随即而来的“战争”。开盘后除了中午应付点儿午餐之外，整个交易时间里他都不会离开盘面。收盘后，他在会客室听一到两场路演；傍晚时分离开公司，步行回家后用点儿简餐；洗澡后坐在书房里开始复盘，继续研究股票，直至十二点左右睡觉。

而这三天却又很是不同寻常。林蓁的影子总是在楚曼朱按部就班、严丝合缝的生活与工作中突然冒出来。晨跑的时候他想象着林蓁从前方转弯处跑来，像只气喘吁吁的小鹿，冲他一笑，说句：“早，今天天气真好。”坐在办公室里拿起咖啡杯的时候，楚曼朱想到林蓁喜欢的“云端雪”，于是往里面放了一块糖，喝了一口便皱起眉头。他不得不取消开盘前的冥想时间,因为他一旦闭上眼睛,林蓁就像不停膨胀的彩虹气泡一样占据他的整个大脑,就好像霸占他这三天的每个夜晚一样。

但这些都不算什么。真正让楚曼朱备受煎熬的是他不确定林蓁是不是也想念他。但凡有一点点的迹象表明林蓁和他处于同一频道,他都不会一次次重重地拿起手机后又一次次轻轻地放下。这些天他将他们过往的种种场景在脑海中走马灯似的过了一遍,无论是三年前的相识,还是三天前的相逢。楚曼朱试图从蛛丝马迹中嗅探到林蓁在乎他的证据,但总是失望。相反林蓁对他决绝的证据倒是不胜枚举,比如说三天前他向林蓁要微信时她表现出的迟疑,或是三年前她在思真湖边的那句:“请你记得这里的灯塔,忘了我吧。”

即便如此,楚曼朱仍对他们的感情抱有希望。他有种“感觉”——林蓁其实对他是有好感的，只是因为走不出过去的情感经历才会拒绝他。这个感觉模糊但却十分强烈,强烈到让他在第四天的时候终于按捺不住，决定给林蓁打电话表白。无论这通电话的结果是重新开始,还是再次结束。

“大不了就再痛死一次。”楚曼朱这样想。

此时是下午六点多，楚曼朱正在听一个经纪人的路演。这人大约二十岁出头,甚是充满活力,嗓音洪亮。楚曼朱看见他的嘴巴一张一合,神情激昂,却只听得嗡嗡作响,不知所云。演讲者的心理承受力也是极强，完全无视观看者的反应，滔滔不绝地讲了将近一个钟头。此时，楚曼朱实在忍不住将其演讲打断："您的意见我会仔细考虑，今天就先到这儿吧。"在那人悻悻收拾东西时，楚曼朱已经回到了自己的办公室，准备给林蓁打这通"蓄谋已久"的电话。

楚曼朱打开微信，点开置顶的林蓁头像，拨通了语音电话。这几个简单的动作竟让楚曼朱的手心沁出了汗。谢天谢地，林蓁很快就接了，楚曼朱长出了一口气，故意放慢语速说道："蓁，早上发微信说有个问题想请教你，其实只是想找个借口给你打电话。那天见面后我一直在想你，其实这三年来我也没有忘记你。还有很多话我想跟你说。如果你想听，我们见面聊一下，可以吗？如果你不想，就请像三年前那样拒绝我，让我也好彻底死心。"

说完后楚曼朱真想赏自己两个大耳光。这通电话他已经推演了很多遍，对于如何试探，如何循序渐进，如何给自己找台阶，如何先从做朋友开始等，他预想了三种方案。但不知怎么，林蓁接起电话时简单的一句"喂"就让他丢盔弃甲，不受控制地说出了上面的那段话，亮出了所有底牌，没给自己留下一丝余地。

楚曼朱把自己弄蒙了，电话另一头的人似乎也有些不知所措。长达一分钟的时间里，电话里只有楚曼朱极力克制的呼吸声。正当楚曼朱准备再说些什么以弥补失误的时候，林蓁终于开口了。谢天谢地，否则天知道楚曼朱还能说出些什么来！

“好。那我们见面聊。”

楚曼朱欣喜若狂，几乎是喊着说道：“什么？太……太好了！你现在在哪儿？我去找你。”

第八章
月夜告白

楚曼朱位于陆家嘴的居所和公司相距不过半公里，这三年来他的活动轨迹就是在其间步行往返，只有在休市时才会挣脱这两点一线的引力，但也不过是换个场所研究股票而已。楚曼朱经常去咖啡馆，弥漫的咖啡气味让他精神抖擞，而且他认为略微嘈杂的环境是锻炼专注力的最佳场所。当然，为了“给生活增添点新鲜感”，楚曼朱听取了助理的建议，每周都会换一家咖啡馆。但其实换与不换于他都没有区别，反正他也从没有闲情欣赏装潢、品尝吃食。陪伴他的只有笔记本电脑、电子书阅读器和几杯美式咖啡，偶尔还有一位同事兼好友。

还未曾亲身体会过上海晚高峰的拥堵，欣然开车赴约的楚曼朱很快就为这个选择后悔不已。他的车是去年买的，几乎没怎么开过。这次楚曼朱开车来见林蓁，潜意识里多少是有一些想要炫耀的。他想让林蓁在他的百万豪车里，坐着Marrone Corniola真皮座椅，听着Bowers & Wilkins音响，在交响乐般浑厚的声浪中对三年前拒绝他深表遗憾的同时，和他一起畅想财富自由的美好未来。

但遗憾的是，这个幻想并没能持续多久。当对路况不熟的楚曼朱错误地解读导航，莫名其妙地驶上内环桥，预估到达目的地时间从三十五分钟变成了六十三分钟时，他绝望地拨通了林蓁的电话："蓁，实在抱歉，我没想到路上竟然这么堵，我可能得迟到三十分钟左右。对不起。真抱歉！你等我一下，我尽快赶来！"

当想到习惯守时的自己竟然再一次赴与林蓁之约迟到，楚曼朱的歉意和懊恼简直无以言表。

"没事，我在书店里找本书，不急。你路上注意安全。"

华灯初上，此时上海的马路俨然成了全世界最繁忙拥挤的地方。高架桥被通勤的车辆堵得水泄不通，形成一条流速极缓的红色河流。红河蜿蜒成一个圈，像一只巨眼，凝视着无半点星痕的漆黑夜空。若有秃鹰掠过上空，一定会被这触目惊心的景象激得食欲澎湃。而此时的楚曼朱驾着豪车，像条无助的小鱼，只能随波逐流、挣扎向前。

近一个小时后，楚曼朱终于在位于虹口区甜爱路的一家书店里找到了林蓁。书店风格古朴，门面很小，仅三四个小书架就将其挤得满满当当。林蓁站在靠角落的一个书架旁,正入神地看着一本书。

楚曼朱生怕惊到林蓁,靠近后轻声说道:“蓁,我来了!对不起!”

林蓁抬起头,冲他比画了个噤声的手势,然后指了指门外。楚曼朱这才注意到书店里面还有零星两三个看书的人,于是不好意思地皱了皱眉,两个人一前一后走出书店。

这是一条与山阴路平行的不起眼的小路,长度约为五百二十米,也许这就是其名“甜爱”的来由。与上海其他街道不同,甜爱路两旁不植悬铃木,清一色是高大挺直、枝繁叶茂的水杉。镌刻着古今爱情诗句的砖墙将这里围绕一周,在夜间更显幽雅清静。月光透过水杉树叶的间隙疏疏落落地洒下,像是银河里的水漫溢而落,绽出大大小小的银花。

沿着小路,两个人踏着月影缓慢前行。

“那天晚上月色也很好。只不过,那天是残月。”

林蓁在一片月光中停下脚步,回过头冲楚曼朱浅浅一笑,继续说:“‘白露垂珠滴秋月’——李白的诗确实风华绝代。不过温柔敦厚的古诗也别有意趣,比如‘月皎皎,星渺渺’这句,你看是不是也很美呢?”

一直在打腹稿准备献上诚挚道歉的楚曼朱,此时看着林蓁,竟是一句抱歉的话也说不出。林蓁穿着一件白色连衣裙,清冷雪白的皮肤被温柔的月色点亮。月光在她的身上生长着、变幻着，将她的笑容和轮廓柔化，直至和她融为一体。楚曼朱分不清这发光的是月亮，还是林蓁。

“很美。你穿白色裙子的样子好美。第一次见到你的时候，你也是穿着一件白色裙子。答应我，以后别在其他人面前穿这件裙子，好吗？你只属于我一个人，好吗？我们在一起，好吗？”楚曼朱已经失去理智了。他只知道他必须要说出上面的那些话，不管有什么后果。

“好。我愿意。”

竟然听到了林蓁肯定的回答！求而得之的巨大喜悦让楚曼朱开始自我怀疑。他觉得自己可能是疯了，或者是聋了，也可能兼而有之。他僵愣在原地，盯着林蓁傻看。

“我说好的。我说我愿意。”林蓁微笑着，声音轻快而坚定，“你还说你变了，明明和三年前一样呆。我是不会和自己不喜欢的人在这样浪漫的地方见面的。傻子！”

亲昵的称呼夹杂着朦胧的、蜂蜜味的柔情，被秋季的晚风揉进了楚曼朱的心里，释放了他全身的机能。他大步走近林蓁，把她紧紧抱在怀里，直到怀里的那个人快要喘不上气来。松开她的瞬间，一种莫名的空虚涌上了楚曼朱的心头，让他不得不又搂住她的腰，再也不肯松手。他痴迷地看着林蓁，想要看清她瞳孔的颜色，却在一双清水般的眸子里看到自己灼灼燃烧的眼睛。月光依旧轻柔，薄薄地洒下，两个人的嘴唇之间，只隔了一层轻纱般的月影。沉浸在热情拥吻中的林蓁在彻底失去自我之前，依稀看见楚曼朱身后的墙壁上刻着一句很美的诗——

> Since lingering in the arms of my beloved,
> I lost all memory of you and midnight.
> 自从我沉湎在爱人的怀抱里，
> 忘记了星已白，夜已深。

第二天清晨，几缕阳光伸出金色的触手，试探着想要潜进楚曼朱的房间。乳白色的落地纱帘正要阻挡这野心勃勃的家伙，却被来自大海方向的徐徐晨风吹起又吹落，时而掠过深蓝色的地毯，时而挂在水晶吊灯的一角，时而轻拂阳台花盆中的绿植。阳光越发肆无忌惮，轻易地在转瞬之间充满卧室，叫醒了睡梦中的楚曼朱。

当他缓缓睁开睡眼，第一次清晰地“感受”到了这熟悉而陌生的光和影、风和暖。从今天起，他不再是一具被数字填满的躯壳，他有了灵魂——因对林蓁的情感而变得丰满的灵魂。今天的海风晨光不再普通，因为它们同时属于他和他心爱的人。

带着满足的笑意，楚曼朱拿起手机打开微信，接续昨晚12点38分的“晚安”，轻快地给林蓁发了一个“早安”。几乎在同时，他收到了林蓁发给他的“猫宁”。这小小的心有灵犀让楚曼朱感到无比幸福，他想他内心深处也许住了个细腻的诗人。他当然知道这不过是大脑中那些奇奇怪怪的荷尔蒙的化学作用，但知道又怎样呢？再聪明理智的大脑同样会被爱意甜得头昏脑胀。

楚曼朱拨通了语音电话：“蓁，我想你了。我想听听你的声音再去上班。”楚曼朱是个心口一致的人，他说想就是真的想。同理，三天前他对他那位前助理兼绯闻女友王若滢单方面宣布保持距离时，就是打定了主意要跟她划清界限，即便那个时候他还没有跟林蓁确定关系。

“傻子，昨晚上才分开。不过……我也想你。”

“我喜欢你叫我傻子。”此时楚曼朱已经起身坐着，电视按时自动播放起了财经新闻。楚曼朱先是调低了音量，后来索性关了机。

“好的傻子。你快起吧，你不是每天很早就要开晨会吗？我今天早上也有培训安排。我们一起加油。”

楚曼朱的心变得蓬松温热，像是刚出炉的奶油可颂：

“好。一起加油。可是只有精神加油还不够。晚上一起吃饭好不好？我带你吃好吃的。”

"好呀！人在异乡，听你安排。"

楚曼朱当天没去晨跑，踩着点儿来到了公司，心却荡悠悠的还在电话里。刚要进会议室时，一个不留神，他差点儿和对面的来人撞个满怀，那人正拿着个空马克杯去水吧泡茶。定神一看，还好撞到的不是别人，正是好友沈肖。楚曼朱长出一口气，暗自庆幸可以省下一番"抱歉""没关系"之类的絮叨。

沈肖体格健硕，相貌平平但却神采奕奕。他比楚曼朱大五岁，即将步入而立之年。一年半前他经朋友介绍，跳槽进入这家名为"希择创投"的公司。沈肖入公司晚，但入行却早，对于楚曼朱来说，沈肖可谓亦师亦友。后来随着沈肖底牌的亮出，楚曼朱着实对他憎怨了一段时间，但这并不影响楚曼朱对沈肖作为一位好警察的敬佩。

"你今儿怎么风风火火的，一点儿都没平时那老气横秋的沉稳劲儿。"沈肖一边说一边打量着楚曼朱，随即嘿嘿一笑，挺直的鼻梁旁两只圆眼炯炯放着精光，"看你春光满面的，是不是有好事了？难不成真跟咖啡店那位……"

楚曼朱不置可否，只是微笑。

"哟！这可不得了！"沈肖把马克杯随手放在旁边的桌子上，将楚曼朱推进一个没人的会议室，关上房门压低声音说，"你小子速度倒是快！你惦记了人家三年，现在心愿达成，今天下班了你得请个大的！”

“别胡说，肖哥！哪儿有惦念她三年，说的我跟变态似的。”楚曼朱不觉挠了挠头发。一下子就被沈肖点破了心事，虽然是喜事，也略觉尴尬。

“跟我你还装。你不惦记人家，为什么把跟她的合照一直放在你卧室床头柜的抽屉里？”

楚曼朱倍感惊讶：“哥，你是不是警察派来监视我的？怎么我卧室里的照片你都知道？”

沈肖笑道：“上次我帮你搬家，就看见那张照片了。那女孩儿皮肤白、长得靓，看一眼就容易记住。去年五月那次你喝醉了，我送你回家，看你醉得厉害，想找找抽屉里有没有解酒的药，见照片还在，我就猜到八分。说实话那天在咖啡厅里见到那女孩儿，我没走近不敢确定，但直觉告诉我她就是照片里的人，我的直觉是不是神准？”

“就是她还不行吗！哥，开会了，开会了！”楚曼朱面色微赧，想要开门离开。

“还不好意思了，哥替你高兴！对了，还有一件事别说我没提醒你，那位的事情你可得处理好。”沈肖说着，向门外办公区域三点钟方向递了个眼神，楚曼朱顿时明白了沈肖口中的“那位”是指王若滢。“听说她上个月的业绩创了新高，现在正是红得发紫的时候。虽然手段有点儿……但那也是人家的本事。听老哥的，别跟她把关系闹得太僵了。”

“她现在已经独立操盘了，不是我的挂名助理了，我俩没关系了。以前其实也没什么，以后更没什么。”楚曼朱皱了皱眉头，不管沈肖再说什么，连推带搡地把他弄出了房间。

“肖哥，先开会再说，今天老板可是来了。有件事要拜托你，开完会再说。”

周中的忙碌对楚曼朱来说是一种常态，但对于林蓁却并不是。自毕业后进入 4D Cosmos（四维宇宙）教育科技集团，林蓁就和正常的节假日绝缘了，大家工作的时候她清闲，大家放假的时候她最忙碌。如此的“强制错峰”使得林蓁和亲朋好友的见面时间急剧减少，同时缩水的还有她本来就不大的社交圈。然而对于林蓁这种享受孤独的人来说，这一坏处也不失为一种好处。

可这种休假机制对于林蓁唯一的好友高轻晗来说，似乎就不这么辩证了。

高轻晗自称是“friday-night enthusiast（周五夜迷恋者）”。于她看来，周五夜是极具社交开放性和包容性的，似乎一切的肆无忌惮在这一夜都可以被允许，因为在后续长达两天的假期里人们总有时间和精力去收拾一夜贪欢后的狼狈不堪。她曾对部门主管软磨硬泡，想要以周中多上晚课为代价换取周末双休。遗憾的是结果并不如她所愿，而这更增添了高轻晗对于周五夜的极度向往。

“我跟你讲哦，蓁蓁，哪天我要是不干这行了，你也不要吓一跳。周六大清早给我排这么多课，简直是不人道。”

高轻晗将笔记本电脑推到林蓁面前，让她看自己密密麻麻的季度排课表。

“我觉得挺好，周中休假去哪儿都人少。周末外面人那么多，在家看看书不好吗？”

“……算了。有些事情，你不懂。蓁蓁，有时候真觉得你在某些方面有点儿不灵。我觉得我得点拨点拨你。看书能看出朋友吗？现实问题你看的那些书能解决吗？关键时候要靠朋友，朋友是要花时间维护的。”

对于高轻晗的“点拨”，林蓁的回应一向是笑而不语，而高轻晗总是将这一反应解读为默认。这是两个人难得的默契。

林蓁和高轻晗这对好朋友完全属于互补型的。如果给林蓁前面加上一个负号，那结果可以约等于高轻晗。林蓁只穿平底鞋，高轻晗钟爱高跟鞋。林蓁喜欢朴素文雅的打扮，高轻晗的时髦程度几乎可以跟时下最火的女明星相媲美。林蓁的美是颇具钝感的、防御性质的美，无论男人还是女人都会不自觉地认可；高轻晗也是很美的，美得光艳靓丽，这种美对男人有着很强的吸引力，但由于攻击性太强，导致除林蓁以外的其他女人对她的评价大多是“卸了妆其实没那么好看”。林蓁对高轻晗的坦诚是具有选择性的，而高轻晗什么话都会对林蓁说。

对于自己到底哪里吸引高轻晗，林蓁并不清楚，但她却是真心欣赏高轻晗的。林蓁喜欢她用抑扬顿挫的语调叫自己“蓁蓁”，喜欢她正儿八经地讲一些新鲜有趣的八卦新闻，喜欢她对着梳妆镜描眉画眼时一丝不苟的神情，喜欢她常用佯装潇洒去刻意掩盖的那么一股子实在的拼劲儿。林蓁有时候会想，如果没有 2008 年的那件事，她应该会跟高轻晗很像吧？有点儿肤浅、有些小小的精致利己，却对生活充满着热情。

“蓁蓁呀，你平时花点儿时间化个妆吧，最近这个咬唇妆很流行的。”高轻晗一边拨弄着才烫的梨花卷发型，一边用棉签将刚涂的口红有层次地晕染开来。放下棉签时她看到自己一周前才做过的指甲，心血来潮想换个新花样，于是说道：“我明天下课了去美甲，你要不要一起呀？阿佳的手艺真是不错，边封得细致的咪。蓁蓁我跟你说，你不要小看了这几片小小的指甲，能让人心情好得不得了哦！人说‘女为悦己者容’，要我说‘女应为自己而容’，我们最应该取悦的应该是自己呀！”

“你每天花将近一个小时化妆，你自己也看不见，这怎么取悦自己呀？”林蓁偶尔也会调皮地反诘。

“我皮包里的镜子是干吗用的？我跟你说啊，蓁蓁，我照镜子都快照出强迫症了。要是连续一个小时不让我照镜子，我就浑身不舒服。”

“轻晗啊，你知道 narcissism（自恋）这个词是怎么来的吗？”

“知道啊，高中时候同学给我起的外号就是‘水仙女’，我欣然接受。你想想啊，蓁蓁，工作和生活够让人糟心的，随时随地拿出镜子照一照，欣赏欣赏美好的东西让自己开心一下，不是很正常吗？”

“喂，轻晗，你找我什么事？刚才手机静音了没听到电话铃声。”

“有点儿小事，不过都解决啦。你刚才在干吗啦，手机还静音？”

“看小说呢。米兰·昆德拉的老书了，再看一遍。”

“小说都是爱做梦的小姑娘看的啦！蓁蓁你看点儿实用性强的书呀，我给你推荐一本我最近读的畅销书，叫那个什么……我想想啊……对了，《润玉坚石》。”

“……这书讲什么的？玉石鉴赏之类的吗？”

“什么啊，蓁蓁！这本书是教我们如何成为一个内刚外柔的女人。这种人在社会上最吃得开了哦！你多看看这种书，或者是关于投资理财的，总比你被小说里面那些情情爱爱迷得五迷三道的好。”

“轻晗啊，小说里面不都是情情爱爱。”

“那你最爱的《红楼梦》不就是爱情小说？我虽然没看过，但想想不就是两小无猜、青梅竹马，最后家道中落、生离死别那些桥段吗？”

“……轻晗啊，宝黛爱情虽是《红楼梦》的主线，但《红楼梦》绝不仅仅是一部‘爱情小说’哦。一部好的小说，内涵深厚，外延宽广，可以让读者……”

“是啊是啊，那要读懂一本好的小说得花很多时间去思考吧？我现在知道你的时间都花到哪里去了。这个我不行的呀，没有你那么多可以静下心来的时间哦，还是一些浅显易懂的书适合我啦！至少也是书嘛！对了，蓁蓁，晚上有课没？我今晚难得没课，去商场逛逛好吗？”

“好啊，我晚上也有空。那……我们去钟楼开元吧！你在北边，我在南边，约在中间正好。”

“好啊好啊！我想买点儿衣服，对了，我还要再囤两套护肤品，我常用的那个牌子最近有活动。还有哦，我昨天看见小红书上很多人晒朋克风的首饰，好好看啊！通通买入！不瞒你说，蓁蓁，我股票最近赚了点儿小钱，嘿嘿！”隔着手机，林蓁仿佛都能看到高轻晗一双美目正冒着闪闪金光。

“等等，你说的那个什么小红是什么啊？”林蓁知道这个问题肯定会招来高轻晗的又一通“点拨”，不过林蓁还是问了，因为高轻晗会用永不重样的方式、新鲜别致的语言给林蓁“上课”，这让林蓁非但不反感，反而觉得有趣极了。

“……蓁蓁，我有时候觉得吧，你真的不像是‘八五后’。你的心理年龄跟你的歌单一样，属于二十世纪七十年代。”

“哈哈，其实我喜欢的好多歌都是二十世纪六十年代的。”

“……好了好了，我有空了整理一下我的歌单给你，让你了解一下现在的年轻人都喜欢什么。我收拾收拾准备出门啦！见面再聊。”

“蓁蓁，我印象中咱俩鞋子的尺码一样的哦？明天团建，借我一双运动鞋啊，爬山高跟鞋来不了的。哎呀！好好的又搞什么团建呀，累得要死还耽误上课挣钱！要不是因为他也去，我才不去呢。明天我准备穿白T恤衫加牛仔短裤，现在的小姑娘都这样穿呢！你也这样穿吧？跟我穿姐妹装。我帮你搭配呀？”

“好啊。刚好你在这儿，衣柜就在那儿，交给你了。”林蓁指了指自己卧室里的衣柜，继续说，“你和陈……你是认真的啊？以前你的那些男朋友，好像也没见你这样上心。”

“嗯……我也不知道怎么回事。他算不上帅，毕竟年纪在那儿，但他的修养、学识、阅历让我很着迷。因为他，我跟我以前那些男朋友都断了。你知道的，我原本玩儿得很开的。”说到这里高轻晗俏皮地对林蓁眨了一下左眼，顺带勾着左边嘴角一扬，眉眼弯弯的弧度和嘴角上挑的弧度都恰好停在了最标致的位置。这便是高轻晗最擅长的，她可以将原本六分的美通过肢体语言发挥至八分有余。

“是是是，我们的高大美女，当年的万人迷哦！换微信情侣头像都要同时跟六个人一起换呢！”林蓁打趣说道。

“那时候确实玩儿得过了些，”高轻晗竟有点儿不好意思了，“当时还是太年轻了。现在收心了。好了，不说这些陈年旧事了，快让我看看怎么给你搭配衣服。”

高轻晗一边翻腾着林蓁的衣柜，一边浓眉微蹙，说道：“哟，蓁蓁啊，你怎么就这么一点儿衣服呢？怎么这么多墨绿色的啊？也没见你平时穿过……你皮肤这么白，穿亮丽一点儿不好吗？”高轻晗又随手拉了几件衣服的商标看了看，“蓁蓁啊，你这些衣服……你的课时量我大概心里有数，虽然比我少得多，但也还说得过去啊，怎么不给自己买点儿上档次的衣服呢？我跟你说，聪明女人就是要宠自己哦！还有，你要学会投资理财，不要把钱都存银行，股票、基金、债券什么的都要弄，不懂我可以教你，我有朋友就是专门搞这些的。”

“轻晗,我没有多少存款。”林蓁平淡地说。

高轻晗惊得一双凤眼鼓得圆圆的,平时柔媚的声线像被铁片划过一样变得尖锐:“Excuse me? 蓁蓁呀，你不买奢侈品,家里条件也挺好,怎么会没有存款呢?你的工资都去哪儿了?”

高轻晗甚至连林蓁开了一家书店都不知道；而林蓁,曾经在很久的时间里,自以为了解高轻晗的一切。

第九章
霓虹之夜

4D Cosmos 上海总部的师训作息是“周中白天培训、周末全天休息”，这恰恰给了林楚这对恋人难得的共享时间。在他们确定关系的第二个晚上，两个人相约一家位于外滩十八号的西餐厅共进晚餐，餐厅是楚曼朱定的。当得知这家餐厅的位置后，林蓁婉拒了楚曼朱提出的先来接自己再一同前去的方案。下午六点钟培训结束，林蓁独自打车来到了外滩十八号，楚曼朱已等候多时。

林蓁下车后，楚曼朱迎上前去拉着她的手说：“饿了吧？有没有晕车？我说我去接你，你非不让。”说完顺势摸了摸林蓁的额头。

“人说恋爱中的人智商水平都会下降，我看就连我们的数学天才都不能免俗。”林蓁笑着说，“其一，今晚吃西餐，免不了喝点儿酒，你不能开车，来接我还不是来回打车，该晕还得晕。其二，咱俩下班时间相似，这家餐厅在你我公司的中间，你打车过来接我再折回去，岂不是在路上浪费更多时间？那我岂不是更饿？更饿就更容易晕车。其三，晕车又不是发烧，你摸我额头做什么？真是傻子！”说完便咯咯笑个不停。

楚曼朱也笑了：“你倒是逻辑严谨！我关心你一句，你就开始给我上课了。林——老——师！”

林蓁拍了拍他的肩膀、挤了挤眼睛说：“对不起啦，职业病。好啦好啦！我身体挺好，从来不晕车。本来是想坐地铁的，又快又便宜，因为有个教案需要完善一下才打车的。”林蓁边说边指了指手里的笔记本电脑包，“任务都完成了，这样晚上就可以心无旁骛地和你享受美食了！”说完，林蓁抬头看了一眼餐厅的招牌，有些疑惑道：“咦？我记得你说餐厅名字是‘霓虹’什么的？跟这家的名字不一样呀？”

楚曼朱嘿嘿一笑说：“别急，一会儿你就知道了。”两个人一同走进餐厅。楚曼朱表明身份后，被一位服务员带进了一个包间，里面已经坐着八位客人。其中有四个穿着潮酷的二十来岁的男大学生、一对中年男女，还有一对穿着十分正式的外国夫妇。楚林二人坐在了仅剩的两个座位上。随后刚才的那位服务员将手里的一沓小册子分发给了在座的十位客人。

林蓁拿起小册子看了起来。扉页仅有一行字体秀丽的英文，写着“Neon Motroplis（霓虹都市）”。林蓁这才明白原来此处只是一个集合点，不是真正用餐的地方。随手翻了翻后面的内容，是对今晚所用菜品的介绍，全是手绘的图画和手写字体的中英文说明。林蓁看了眼菜名，基本上都不知所谓，索性合起来不看。此时服务员前来将众人引到一辆中巴车上。汽车行驶了二十多分钟后，大家在一个破旧不堪、看似废弃仓库的建筑物前下了车。如若不是仓库门上有一个不怎么显眼的牌子被林蓁看到，林蓁会以为这里是个鬼屋。那牌子上写着：The World's 50 Best Restaurants（世界最佳 50 餐厅）。

一同下车的服务员走上前去，有节奏地敲了敲“仓库”的门，门缓缓打开。一行人依次走进餐厅。轮到林楚二人进入时，楚曼朱突然觉得拉着林蓁的右手被握得有些疼，他回头看了眼林蓁，着实吃了一惊。

此时太阳早已落山，月亮被乌云遮蔽，天空黑得透不出一丝光影亮痕，空气中时不时飘来星星点点的水珠子，也不知是雨水还是雾水。借着路边一盏昏暗的小灯，楚曼朱发现刚见面时那个活泼的林蓁早已没了影儿。此时她表情凝重、眼神恍惚，好像换了一个人。楚曼朱以为林蓁因将此地当成鬼屋而害怕，于是暖声暖气地安慰道：“别怕。这是家正经餐厅，不是鬼屋。别怕！”

“我……我有点儿不太喜欢这里的气氛。能不能……能不能不进去？”说着，林蓁将自己的另外一只手搭在了楚曼朱的右手手背上，两只手微微发抖且冰凉如水。楚曼朱心疼不已，岂有不同意的：“好！你不喜欢我们就不进去。去别的地方吃好不好？”楚曼朱将自己的外套脱了下来给林蓁披上，转身对服务员说：“不好意思。我女朋友不太适应这里的环境。我们今晚不用餐了，请送我们回去。”

服务员一脸不解，大概也是头一次遇到这种情况，但片刻后就换上专业的笑容，彬彬有礼地说道：“好的先生。我马上联系专车送您和女士回外滩。不过同时也请您理解，恐怕您这次所支付的费用不能被退回。”还没等楚曼朱回话，旁边一个粉红色头发的年轻男生插话进来：“这不太合理吧，人家进都没有进去，怎么就不能退呢？一个人六千多呢！”服务员也是为难不已，说：“请您三位谅解！我们餐厅是提前三个月就预约位置，食材都是按量准备，突然取消的话实在是不好退款的。”

“可以理解，不退就算了。”楚曼朱刚给服务员回完话，紧接着就安慰林蓁，“没事的，蓁，我找朋友订的，没这么贵。”这话自然骗不了林蓁。她不想浪费楚曼朱的钱，更不想辜负楚曼朱的心，却又实在害怕，只觉进退两难。

“不如……不如先进去看看。”林蓁只得如此说。听到这话服务员赶紧接茬说：“正是这样。我真心建议女士先进去体验一下，餐厅里面完全不像外面这样简陋。您会觉得超乎想象、物有所值。”

楚曼朱没在意服务员说了什么，他此时只关心林蓁的状态：“蓁，你别觉得为难，你不喜欢就换地方。”

“还是……先进去看看吧。实在不行，再离开也不迟。”

“好，听你的。要是不舒服就别强撑着，立刻跟我说。”

林蓁点点头，挽着楚曼朱的胳膊走进了餐厅。一进餐厅，林蓁顿觉豁然开朗，竟如置身外滩。正前方是东方明珠电视塔，三根立柱高耸入云，塔体通身散发着紫色光芒，像一根操控着某种力量的巨型魔棒，驱使紫色光驭着雾气弥漫开来，笼罩着整个陆家嘴。塔身上嵌着的十一个球体大小不一，投影在金光潋滟的黄浦江里，和塔下国际会议中心的两个球体相互辉映，如一槲明珠落在了这片霓虹幻影的不夜场。稍远处的环球金融中心与金茂大厦也通体呈紫色，和东方明珠塔互相应和，强势地给夜空镀上了一层紫金，似浓云般翻涌变幻，蕴含着可以吞噬一切的力量。

“蓁，你感觉好些没？还不舒服的话咱们出去吧。”楚曼朱的关切问候将林蓁拉回了现实，原来这家餐厅玩儿的是障眼法的游戏。这里的墙壁全是电子屏幕，此时正投放着霓虹灯辉映中的陆家嘴夜景，以此呼应餐厅的名字。后来林蓁听楚曼朱说，为了让客人有身临其境之感，餐厅还安装了一些特殊设备，能够释放气味、弥漫水雾、吹起江风。难怪在那一瞬间，林蓁以为所到之处是真的外滩，所见之景是真的陆家嘴。

“这里面感觉挺好，我好多了。”林蓁脸上有了笑容，“刚才让你担心了，不过这会儿真的没事了，不信你再摸摸我额头。”说完拉着楚曼朱的手，假模假样地往她自己的额头上蹭了蹭。楚曼朱感觉林蓁的手已经恢复了温度，放下心来：“那就好。饿了吧，一会儿多吃点儿。”

刚说完，四周的电子屏幕逐渐暗了下去，大厅里的桌子和椅子反倒亮了起来。餐厅里一共有五张桌子，十把椅子，恰好分为五对，再无其他陈设。吊顶激光灯在桌子上投下密密麻麻的字迹，从远处不可辨认，想来应是菜单；椅子上投射着客人的名字，倒是清晰可见。五组客人对号入座之后，大厅正中间的一小片空地上被圆形的聚光灯点亮，一个厨师装扮的人出现在聚光灯下。那人头戴高帽，打着白色领结，用略带法国口音的英文缓缓说道：“Welcome to Neon Metropolis. Enjoy tonight!（欢迎来到霓虹之都。预祝欢度良宵。）”

话音刚落，还没等林蓁看清这主厨的长相，桌椅的灯光和中央的聚光灯尽数暗了下去，周围的屏幕重新亮起，此时已换了场景，不再是黄浦江畔的霓虹夜景。

在繁星浩渺的星团里，旋臂舒展的银河系优雅地显现，像是被逆时针搅动过的珍珠粉盘。随着比例尺不断增大，太阳系逐渐映入眼帘，画面从水星和金星上快速掠过，最后定格在蔚蓝的地球。此时桌灯点亮，前菜已摆在桌上。林蓁看到一个金属容器中有一只金属调羹。调羹里盛着开胃酒，中间有两粒一蓝一红的小方块，还有一些零零散散的坚果碎。一口吃下去，有跳跳糖似的东西在口腔中迸裂，只觉酒气酸甜、清爽可口。此时桌子上投射出这道菜的名字：Blue Terra（蓝色地球）。

服务员撤下这道菜后，桌子的灯光再次变暗，四周墙壁变成了一片汪洋大海。略带咸涩气息的海风伴随着德彪西的钢琴曲阵阵传来。桌子上已放好了一个黑色容器，里面铺满了冰，中间放着一只手掌大小的半开生蚝。生蚝上面还有一层冰，颗粒比下面的略粗一些。生蚝旁边有一个贝壳小勺，还有一杯香槟。按照桌子上的提示，林蓁拿起小勺，轻轻拨开粗冰，才发现冰下藏着一层厚厚的鱼子酱。她用小勺将冰屑、鱼子酱和生蚝拌在一起，舀起一勺放进嘴里。入口先是冰质的咸涩，紧接着是生蚝的鲜甜，后来完全被鱼子酱带有腥咸气味的油脂感所取代。林蓁抿了一口酒，一瞬间所有的咸味、酸味、腥味、酵母味、苦涩味在林蓁的口腔和鼻腔里相互融合，最后变成了回味悠长的清甜。林蓁闭上了眼睛，想象着自己站在海边，在沙滩上拾获了一只贝壳。贝壳里有一颗晶莹圆润的珍珠。林蓁将珍珠取出，放在舌尖品味，正如刚才的清甜。一种深厚的圆满感在刹那间化成了泪水满溢。当钢琴曲曲终时，林蓁睁开有些湿润的眼睛，桌子上的容器和酒已经撤下，原来这道菜的名字是：Ocean, oyster and piano（海洋、生蚝与钢琴）。

令林蓁印象深刻的还有上半场最后的一道名叫 Snow in the Woods（林中雪夜）的菜品。食材被放置在一个白色餐盘中，外面罩着一个钟形的玻璃罩子，里面烟雾缭绕，看不清庐山真面目。在掺杂着鸟叫虫鸣和溪水潺潺的背景音里，电子墙面逐渐出现一片绿意盈盈的针叶树林，檀香木的气味充满了整个餐厅。服务员打开罩子，雾气裹挟着松针和雪露的淡淡香甜一齐散漫开来。林蓁仿佛走进了这片森林，随着周围的绿色深深呼吸。她仰望夜空，看到了白色的星子。这些星是动态的，不是简单地明暗闪烁，而是像流星一样徐徐下坠，落于林中之后变成片片雪花。林蓁张开嘴，雪花在她的舌尖融化。她冷得打了一个激灵，走到林中空地上燃着的一堆篝火旁取暖。可惜这火烧得不旺，欠点儿火候，如同深秋的阳光。不多一会儿，火苗熄灭，林蓁回过神来，方才记起刚才吃下的是一块带有雪茄香味的略微烤焦的面包，上面是入口即化的白色松露，混合在暖意融融的炙烤汤汁里。

这道菜用完后，服务员示意上半场结束。林蓁和楚曼朱从餐厅后门走出，顺路走到一个小院，院中有一棵参天的香樟树。此时冷夜凝重,空气中飘散的水珠似乎比来时更大、更密了。楚曼朱想将自己的外套给林蓁披上,林蓁却摇了摇头。楚曼朱有些担心地说:“蓁,你还是不太舒服吗? 刚才你一句话都没说,我小声跟你说了些话,你也不理我。”

林蓁意外极了,眼睛大睁圆如秋杏:“什么? 刚才你跟我说话了吗?我真的一点儿都没有听到。也许是音乐声太大了。”

楚曼朱笑着说:“我看你是沉迷于美食。有几次我看你眼睛里面一闪一闪的,真的有这么好吃吗?我怎么没觉得!难道是我味蕾低级,暴殄天物? ”

林蓁解释道:“味道是一方面,餐厅营造的氛围可以说是锦上添花! 不光要用味觉去品尝,还要调动所有的感官去想象。我刚才觉得一会儿在海边,一会儿又在森林,妙不可言。若不融入其中、用心品味,恐怕还真是猪八戒吃人参果呢! ”林蓁看着楚曼朱,扑哧一下笑出了声。

楚曼朱也笑了,说道:“嘿嘿!猪八戒就猪八戒。有人偏偏喜欢猪八戒! 不过说正经的,你给我推荐点儿文学艺术类的书吧,我也陶冶陶冶情操,丰富一下精神世界。”

“没想到一顿饭让楚曼朱同学开悟了哦。‘一位对热力学一无所知的人文学者和一位对莎士比亚一无所知的科学家同样糟糕。’”

楚曼朱饶有兴致地接话道:“那请林大学者先跟我说说

热力学。”

“学者可万万不敢当，不过我还真胡思乱想过一点，跟你说说呗。见识浅薄，就当讲笑话了。热力学第二定律说，宇宙的宿命就是在热寂中消亡，因为‘熵’这个混乱的魔鬼恒增。我们人类这种从骨子里喜欢秩序和规律的生物，每天所做的事情无一不是和这个魔鬼进行斗争，让它的步伐慢点儿再慢点儿。规律饮食、规律运动、规律作息，让新陈代谢规律，实质就是减缓熵增的速度。总结一下就是薛定谔的那句话——‘生命以负熵为食’。”

楚曼朱一言不发，只是笑看着滔滔不绝的林蓁。他喜欢林蓁说个不停的样子，因为这样的林蓁最是真实可爱。

林蓁看楚曼朱一言不发，不知他葫芦里卖的什么药，怕自己刚才的一番话真闹了笑话，只好一边总结一边试探性地问道：“虽然我不懂科学，但这种富有哲思的科学思考让我特别着迷。楚同学觉得呢？”

“‘一位对莎士比亚一无所知的科学家同样糟糕’这句话我举双手赞同。以前很多人说我是‘数学天才’，其实我并不是，我还差得很远——我只是会做题而已。说一件令人遗憾但确属实情的事儿，我们国家很多所谓的‘数学天才’其实都是这样，只是善于解答别人拟好的题目，而没有创新思维的能力。这也就难怪迄今为止还没有一位中国数学家获得过菲尔兹奖。菲尔兹奖你知道吗？”

“知道一点儿，就是数学界的诺贝尔奖。那你说为什么会这样呢？”林蓁看着楚曼朱，眼里充满了好奇。

“这个问题我认真思考过。我的理解是因为对于数学研究过于‘务实’了。”

“‘务实’的意思就是单纯做题吗？”

“也不全是。简单地说就是数学纯粹地为科学服务，即研究数学的唯一目的和动力是为科技成果助产，对‘务虚’的纯理论研究方面投入太少了。我并不是说‘务实’不对，而是说‘务虚’太少不对。因为‘实’最终是要靠‘虚’来指导的。在我心里真正的数学大师，他们相对而言就‘虚’一些，他们研究数学的目的不主要是为了产出某些成果，而是为了解读自然。这样的大局观让他们能够从更高的层面领会数学，并将数学和其他描述自然的语言融会贯通，从而激发想象力，也就是创造力。”

“其他描述自然的语言？你的意思是艺术吗？”林蓁问。

“是的，你真聪明。尤其是音乐和美术。它们分别从时间维度和空间维度对自然进行创造性的解读。”

“原来如此。怪不得很多大数学家和科学家都热爱艺术。”林蓁目不转睛地看着楚曼朱，眼神里透露出的情绪已从刚才的好奇转为倾慕。林蓁好喜欢这样的楚曼朱，他可以将一些关于数学的、颇为艰深的知识或道理解释得深入浅出，让林蓁这个外行都能毫不费力地理解。林蓁想，如果楚曼朱改行当老师，一定也是最杰出的那一种。

林蓁继续说："有些人说科学和艺术从某种层面是相通的，听你这样说，二者的相通之处就在于它们都是自然在人类思维和创作中的映射，都是人类用以描述自然的语言。"

"真是一点就透。蓁，你在上学的时候一定是老师们最喜欢的学生。"楚曼朱眉眼带笑，充满赞许。这样冰雪聪明的林蓁让楚曼朱好喜欢。

楚曼朱继续说道："当然这仅是我个人之见。虽然我现在不做纯数学理论研究，但还是想从艺术、文学各个方面提高一下，所谓的'无用之用为大用'嘛。这就需要林老师多多指教了。你对这些方面的理解应该比我深刻得多，毕竟你学的就是英语文学，文学也是一种艺术嘛。"

"说真的啊，虽然我的专业是英国语言文学，但其实也不过是比你多读了几本英文小说，过了专四专八而已。所以说到要提高艺术修养，我也需要和你一起努力。"林蓁略微羞赧地说。

"好。那我有空就列个计划：该买哪些书、该参加什么艺术展、该听哪场音乐会、该去哪儿旅游，等等。我整理后做个时间表，你看有不合适的地方再修改。"

听到这里，林蓁的眼睛弯成了两个可爱的胖腰果，边笑边说："楚同学，你这是准备艺术课的期末考试呢？Take it easy（放轻松）！咱们既然要培养艺术细胞，不妨就照着艺术家的习性来。有空去书店走走，挑几本感兴趣的书慢慢看；休假日去看看展览，听听演奏，碰上哪场就去哪场；有长假了就去各地的博物馆转转。兴之所至，心之所安。"

"这种生活方式听起来不错。你这里还藏着多少有趣的想法？"楚曼朱轻轻弹了一下林蓁的额头，林蓁假装很疼，楚曼朱假装配合道歉。二人正笑闹着，一位服务员请他们回到餐厅，下半场正式开始。

下半场的菜品中让林蓁最有感觉的是两道甜品。在品尝一个内有热腾腾液体的球状冰激凌时，配合着的是雪白寂寥的富士山山顶场景和贝德里赫·斯美塔那的交响乐，这种冰与火的碰撞恰似其名——Lava on Mount Fuji（富士熔岩）；还有一道甜品名为 Old Chocolate（古色巧克力），盘中摆着的是一块黑巧、一块烤焦的鹅肝，还有一粒花生米。吃时将黑巧放在鹅肝上，再放花生米，一齐入口。墙壁屏幕依次展示 1882 年、1948 年、1979 年和 2010 年外滩的照片，配乐是一首婉转缠绵的百乐门老歌，由分布于大厅角落的四个留声机同时播出。食物苦中带甜，品出怀旧；意境悠远深邃，荡向往昔。

楚曼朱尝试着调动所有的感官和最充分的想象力去"融

入其中”，但遗憾的是他对上述两个菜品的感受不得不让他承认自己就是那个品不出滋味的二师兄。他只觉得冰激凌里面的养乐多好喝，以及“巧克力有点苦，鹅肝有点腻”。

不过，最后一道菜却是让楚曼朱印象深刻，林蓁调侃说因为这是唯一一个跟数字有关的菜品。一开始时，桌子上投射着十张卡片，上面写着一到十的阿拉伯数字。服务员示意客人从十个数字里面挑选一个，想必是一个数字代表一个菜品，五桌客人有可能点到相同的，也有可能不相同。楚曼朱坚持让林蓁挑，林蓁挑选了数字九。随后桌子上投射的其他数字慢慢消失，只有数字九逐渐放大且开始逆时针旋转，最终停下时倒转成了数字六。随后数字消失，菜品的名字跃然桌上：Double-side Plate（双面盘）。

端上来的是两个长方形的盘子，林蓁和楚曼朱一人一个。盘子被等分成了左右两个部分。楚曼朱仔细看了看，左边和右边的食物一模一样，都是在一个类似于甜甜圈形状的面包中间填塞着深棕色的酱料。同时端上来的还有一杯饮料。按照桌上文字的提示，楚曼朱先喝了一口饮料，口感略甜，像是草莓的味道；接着用左边的面包蘸了一下酱料，放入口中，分明是咸味。然后又用右边的面包配着酱料吃了一口，却是十足的香甜。他这才明白这道菜名的含义。更令人称奇的是，此时再品尝一口刚才的那杯饮料，味道竟然变成了与第一道菜一样的咸味。当楚曼朱用完之后，兴冲冲地想要给林蓁解释一番口腔里是产生了何种化学反应而致使口味变化时，却发现她神色有些恍惚，跟刚才在餐厅外面的样子有点儿相似。楚曼朱正欲开口，主厨再次出现，这顿晚餐在全场点亮的灯光中拉下了帷幕，而林蓁的神色也恢复了正常。

载客回外滩的还是刚才那辆巴士。坐在靠窗位置的林蓁看到身边的楚曼朱正盯着手机，眉头紧锁，想来是工作方面的事情。林蓁向车窗外看去，不禁心中一沉，车窗玻璃上已雨水涟涟。窗外冷色调的路灯映照在潮湿空阔的路面上，岔路的尽头通向幽深的黑暗，林蓁在这黑暗中仿佛看到一张脸。林蓁睁大眼睛，想要看清这张脸的形貌，结果那张脸也同时睁大了眼睛——原来那是映在玻璃上的自己的影子。林蓁长出一口气，不敢再看向窗外，索性闭目养神，迷迷糊糊睡着了。不知过了多久，楚曼朱温柔地叫醒了她：马上要到外滩十八号了。看林蓁已然清醒，楚曼朱用无比抱歉的口吻说："蓁，不得不跟你说对不起。我必须回公司一趟，有只股票出了点儿状况。"楚曼朱伸手握住林蓁的手，"真对不起。我先送你回去，然后再去公司。下次再好好陪你。"

林蓁用另一只手刮了一下楚曼朱的鼻子，轻柔地说道："没事，这会儿挺晚了，我也想回去睡觉了。你不用送我了，我自己打车就好。"

在楚曼朱的一再坚持下，林蓁答应让楚曼朱送她回公司员工宿舍。但当两个人下车后，雨愈发大了，林蓁又改变了主意。在一把印有 neon metropolis（霓虹之都）字样的黑色雨伞下，林蓁抬着头，深情地望着楚曼朱。雨水沁湿了她的眼睛和声音："曼朱，我……我想陪你去你工作的地方。我不想一个人待着。我……不想在雨夜中一个人。"

楚曼朱喜出望外，却又担心没办法好好照顾她。他忍不住亲了亲林蓁的眼睛，回答道："你在我身边我求之不得。但我怕我忙起来顾不上陪你，我……"林蓁将指尖轻点在他唇上，说道："你不用花精力照顾我，把我当作小透明。我就在一旁看着你，看腻了我就睡。"楚曼朱的心此时跟着雨水化在了林蓁温暖的指尖上。他用没有撑伞的那只手将林蓁的指尖握住，轻轻地在她手腕内侧的位置吻了一下，然后紧紧地抱着她，两个人在雨中外滩的路灯下相拥而立。

第十章
一帘幽梦

楚曼朱的公司位于上海金融中心第五十九层。两个人乘坐高速电梯上楼后，楚曼朱用指纹打开公司的门禁和灯光，办公大厅在一瞬间亮如白昼。地板是雪白的大理石，看不出一丝杂尘。四周墙壁和天花板是光滑的不锈钢，在青白色灯光的映衬下愈发显得生冷。大厅正中央悬挂着一个硕大无比的纯平显示器，此时是关着的，漆黑的屏幕和周围的冷白色调形成强烈反差，看起来像一个横向放置的黑色石碑，所有光线似乎都将埋葬于此。林蓁赶忙将自己的目光从显示器上移开，生怕也被它捕获了去。

显示器周围是一个大约能容纳五六十人的椭圆形办公台，台面上没有格挡，被电脑、文件、书籍等办公用品堆得满满当当。整个办公大厅没有任何饰品，勉强能起到一点装饰作用的只有墙上挂着的八个弧形水晶面机械钟，指针分别指示着美国西区、美国东区、东京、法兰克福、伦敦、北京、新加坡以及苏黎世的当地时间。林蓁看了一眼北京时间,已将近晚上十点。

“你们这个工作环境过于冷清单调了吧? 怎么不弄些花花草草点缀一下呢? ”林蓁忍不住问道。

“要那些玩意儿有什么用,”楚曼朱拉着林蓁走向自己的个人办公室,一边走一边说,“花里胡哨的东西,容易让人分神。”林蓁看了眼楚曼朱,什么也没说,心里悄悄嘀咕了一句“Mr. Robot(机器人先生)”。两个人走进了楚曼朱的办公室,他用声音唤醒了灯光,展现在林蓁眼前的是一个极简主义者的纯白世界——白色的墙面、白色的地板、白色的陈设、白色的灯效、白色的一切。房间里面只有一件“装饰物”,可以说也是白色的,即挂在墙上的一副银白金属镶边的玻璃框,框里裱着的是一行林蓁看不懂的公式:e^πi+1=0。

“你这儿就像一个雪洞。”林蓁诧异地说,“大厅的冷清单调跟你的办公室比起来真是小巫见大巫。”

“在这儿待着容易厘清思路,这里面的东西太多了。”楚曼朱指着自己的脑袋,笑着说道。

林蓁也冲他笑了笑,然后坐在了沙发上,说:“你忙吧,我就在沙发上躺会儿。不用管我。”

“在沙发上睡岂不是委屈了你。” 楚曼朱一把将林蓁抱起，向房间最里面的位置走去。眼看就要撞到墙了，林蓁正要挣扎着下来，不想那面墙里竟有一扇暗门。门缓缓打开后，林蓁为这洞天之内的景象惊诧不已。

这间屋子仅有的三件家具是一张朴素的单人床和一对款式简约的落地灯，除此之外再无其他。三面巨大的弧形金晶全景玻璃窗环绕单人床一周，将其包裹在最中间的位置。玻璃窗上挂着的“窗帘”是由一颗颗黄豆大小的圆润水晶珠串制而成，窗外的璀璨灯光经过这些珠子的折射，旖旎地绽放在室内深蓝色的地毯上。上海的夜空没有星星，而楚曼朱的小屋却是星夜一般的奇妙所在。

林蓁转身看着楚曼朱，眼中光彩流转，动情地说道：“原来你还记得。”

“记得。你在 2012 年的 4 月 28 日曾发短信说，你小时候看过一部小说叫《一帘幽梦》，女主角给自己的卧床周围挂了一圈水晶珠帘的做法让你印象深刻。你喜欢这种感觉，就好像喜欢林黛玉潇湘馆里面的那片竹林。后来被你拒绝后，我把《一帘幽梦》和《红楼梦》都认真看了一遍。其中我不能理解的东西有很多，但我懂得你喜欢‘一帘幽梦’的原因。那是一种属于自我的静谧，远离外面的喧闹。‘爱那几竿竹子，隐着一道曲栏，比别处更觉幽静。’”楚曼朱说着，伸手轻抚她的脸，“当我完成‘一帘幽梦’时，我多么希望与你共度……。没想到此梦成真。”

为楚曼朱的这份“懂得”,林蓁被深深地感动了。感动得竟一时之间不知该说什么好,似乎说什么都配不上他的“懂得”。她只好避重就轻,说道:“你不仅记得短信的日期,就连《红楼梦》里面的句子都可以信手拈来了。你记忆力真好。”

“是因为我将我们那个时候的信息,看了无数遍。”楚曼朱想告诉她在他们分开的一千两百多天里,自己对她的思念其实没有停止过。但这肉麻的话到了嘴边却说不出口,只好化为凝望林蓁的深情目光。林蓁的心被这把温柔刀割得隐隐作痛,她转过身,拨开珠帘向外望去。环形玻璃窗好像一幅巨型油画画布,画中的万国建筑群光影生动、虚华朦胧。雨下得更大了,一颗颗硕大饱满的雨珠挂在玻璃窗上,将这幅油画的细节一点一滴地局部放大,呈现出细腻立体的质感,像是被画家提香的妙手厚涂而成。

“外面灯光璀璨,快把这些珠子照化了。”

林蓁伸手摸了摸圆滚滚的水晶珠,像弹拨竖琴一样撩动着珠帘。室内光影浮动,跳跃的珠子发出泠泠的响声。

“一会儿就灭了。”楚曼朱说着,也走向窗边,伸手指向远处的海关大楼,“每次看到那儿,我就会想起学校礼堂的灯塔,想到毕业前的那一晚,想到你让我忘了你。可我真的忘不掉。这三年来,有时候我觉得我已经忘了你,可是这种想法本身就是一种令人发疯的悖论。越想忘就越是忘不掉。失去你时的失控感比爱上你时的失控感更让人难以自拔。于是我没能再爱上其他人，我只会工作。精疲力竭的时候，我就来这里，想你。只有想你的时候，我才觉得我还活着。”

林蓁不忍楚曼朱再说下去，双手却不知何时已被他的手牢牢握住，于是她踮起脚尖吻他的嘴唇。林蓁的泪沾在了楚曼朱的鼻尖上，他才发现她哭了。

“拒绝你的时候，其实我也很难过。可是我……”林蓁的声音呜咽着，说不出后面的话了。楚曼朱紧紧地抱住她，亲吻如窗外雨点般落下，细密而绵长。此时万国建筑群的灯光已熄，天地间的一切都化作陪衬，只有两个人的温情与缠绵赋予了此刻一时生动，犹如熙春。

不知过了多久，林蓁竟发现自己独自在桃林中醒来。树上桃花尽开，喷火蒸霞般明艳灿烂。仔细端详，每朵花似碗口一般大小，花蕊上缀着的花药像是一颗颗琥珀小球，光彩流转，似有乾坤。林蓁贪玩儿了许久，在桃林深处发现了一条曲折的石子路，尽头幽暗，不知通向何处。林蓁踏上这条路，顿觉一股凉感直蹿心肺，才发现自己双足赤裸。

林蓁有种感觉，陶熠会在路的尽头等她。于是她顾不得脚下冰冷，沿着小路走起来。走着走着，桃林褪去了刚才的花明叶茂，变得生气萧索，寒冷逼人，似有大雨将至。林蓁想要尽快走出这桃林，于是由慢走转为疾行，又变成小跑，不多一会儿跑出了这片桃林。

她来到一座山的山顶，好像儿时去过的秦楚古道。林蓁举目远眺，山脊将此山等分，南坡日光灿烂，绿草遍野，红花簇簇漫开其中；北坡阴雾缭绕，正是桃林所在。林蓁此时已精疲力竭，再也支持不住，躺在了如云朵般轻柔绵软的南坡草地上。她伸开双腿和双脚，贪婪地让阳光填满每一个毛孔，抚摸每一缕发梢。她转头注意到了田野里的这些红色花朵，不得不惊奇于它们的美艳异常：这花艳红如血，每朵有二十多片细长卷曲的花瓣，正面附着着细密的绒毛，背面光滑如丝绸，交错有致，就像天然巧手用红丝绒缎带精心插接而成。从花心处抽出五六十条细长的花丝，如倒置的小伞包裹在花瓣周围，妖娆妩媚，形异状美。林蓁不觉看痴了，自言自语道："这么美丽的花，却没有叶子，好孤单。"

话音刚落，一条条朱红色的花丝竟活了起来，疯狂伸长，向林蓁笼来，顷刻之间将她的双手和双脚死死缠住，钉在泥土里。林蓁惊慌无比，却毫无力气，无法挣脱。她听得见周围不知从何处传来许多声音，轻轻呢喃，低沉婉转：

"林蓁，坚持下去。"

"蓁，永远陪着我，好吗？"

"雨蓁，睡吧，休息吧，已经尽力了。"

“姑娘，好好活着！”

“林蓁，活下去，向死而生！”

“蓁，醒醒！”

…………

声音越来越多，林蓁越发听不清楚，不由大喊：“你是谁？是谁在说话？你是陶熠？还是曼朱？还是——林蓁？”接着只觉地动山摇，仿佛有一双巨大的手晃动着整个世界。花儿收回花丝，在晃动中凋零，化作红色烟尘钻入林蓁的鼻腔，竟是血一般的腥味——这是林蓁最害怕的气味。

林蓁睁开眼睛，惊坐了起来——又是噩梦一场。楚曼朱坐在床边，摸了摸她沁满汗珠的额头，关切地问道：“做噩梦了吗？我怎么叫你都叫不醒，摇了你好几下你才醒来。缓一缓，都是梦！我在这儿。”

刚才的梦境已经开始模糊，但那种压倒一切的恐惧感却依然真切。林蓁呆呆地看着楚曼朱，无论楚曼朱说什么，她好像都听不见，只是呆呆地看着他。楚曼朱有些慌了，他想起身给林蓁拿杯水，却被林蓁紧紧抱住。

“不要离开我，”林蓁的声音很小，说的话却字字烙在了楚曼朱心上，“我怕黑，怕雨，我怕一个人在雨夜。”

墙上液晶屏显示的温度是二十八摄氏度，林蓁却蜷缩在楚曼朱怀里瑟瑟发抖。楚曼朱用一只手紧紧地抱着她，另一只手轻抚她的头发,言语温柔地安抚她,说自己不会离开她,不会让林蓁在雨夜中独自一人,说会永远陪伴她。

两个人拥坐良久,林蓁渐渐恢复了平静:“我没事了。你先去忙吧。我记得你还有工作要忙。”

楚曼朱哪里还有心情管别的,说道:“趁着你刚才睡着,已经都搞定了。你放心吧,我哪儿也不去,就在这儿陪着你。你想说话就说话,想休息就休息。我在你身边。”

“那……我们说说话吧,如果你不困的话。”

“不困。”

“你这三年……都是怎么过来的?”

听林蓁的声音比刚才和缓了不少,楚曼朱放下心来,缓缓说道:“我想想从哪里说起呢……就从2012年的6月开始吧。你拒绝我以后,我疯狂学英语,我把我能搜集到的托福和GRE(美国研究生入学考试)考试题都过了一两遍。我想向你证明我的优秀。可是,就算是托福考了满分,GRE考了339分,也没收到我林老师的一条祝贺短信。其他老师的消息倒是收到了不少。”说到这里,楚曼朱假装很委屈似的,嘟着嘴,皱着鼻子,伸手想刮林蓁的鼻梁。

林蓁看着楚曼朱难得天真的样子,忍不住笑了。把他的手推开后,林蓁说道:“哎哟,我们大学神受委屈了呢。”

“可我就只想得到林老师的肯定。”

“那林老师现在给你补上。”说着，林蓁拿起了手机，装模作样地编辑起短信来。楚曼朱也不制止，放任她调皮胡闹，心下已暗生疑窦——林蓁的情绪切换似乎有些过于频繁和迅速了。但看着林蓁此刻笑意盈盈的样子，楚曼朱也不再多想，也许细腻温柔的女生大都如此吧。

不多一会儿，楚曼朱的手机响了。他打开手机，发来的消息写的是：“恭喜小气鬼兼心机鬼楚曼朱同学取得考试高分和藤校 offer（录取通知书）。”

楚曼朱笑着把林蓁扑倒在床上，一只手按住她的双手，另一只手挠她痒痒。

“‘小气鬼’就算了，这个‘心机鬼’，我怎么不明白？”

“你英语那么强，托福比我考得都高，一开始你还装模作样问我问题。你不是心机鬼谁是？别闹！放开我啦！我最怕痒！”

楚曼朱收手后转身平躺在林蓁身边，说道：“我英语没有你好，一开始学托福的时候是真的有许多问题。只是后来发现标准化考试的套路都差不多，跟数学的内在逻辑没太大区别，做题才得心应手起来。其实只是应试水平高而已。”

“我们的楚同学，还是很谦虚的嘛！对了，那你最后选了哪个学校？听说当时有四所藤校都给你发 offer 了。”

“没去美国，直接来上海了。”

林蓁一惊，翻身朝向楚曼朱，问道："你在上海读的研究生？复旦和上海交大的数学系也很好。那难不成……我成你学姐了？"除了这两所学校，林蓁实在想不出楚曼朱还会选择哪里。

"没有读研究生。来上海就直接工作了。"

楚曼朱的声音很轻，但这句话却重得让林蓁十分后悔刚才那番自作聪明的猜测。她恢复刚才平躺的姿势，没有再追问下去，耳边再次响起了三年前听到的关于楚曼朱的众多谣言之一："可我怎么听说他是个失去了父母的孤儿……"

也许是对生活的妥协，让楚曼朱放弃了学业深造、追逐理想。林蓁仍有一些疑惑，但她知道此时不是刨根问底的时候，因为楚曼朱应该比她更难过。几分钟沉默后，林蓁伸出右手拍了拍楚曼朱平放在床上的手背，说道："没事啦！读不读研究生又有什么关系。就算是博士生，也很难找到像你现在一样好的工作了。"

刚一说完林蓁就暗暗自责，"找工作"这三个字何曾是楚曼朱的追求？可林蓁再想不出其他话来宽慰他了。放弃数学——楚曼朱当时一定是遇到了很大的困难才会做出如此选择。当时没有陪在他身边共度时艰，现在再漂亮的语言都于事无补，那么还不如不说。

而对于林蓁的安慰，楚曼朱却似乎很受用，笑了笑说：

“是啊。至少现在我可以给我爱的人很好的生活。如果你想工作就继续工作。如果你不想,说句很俗的话,我可以……”

林蓁翻身用手轻轻捂住楚曼朱的嘴唇，半笑半严肃地说:“快打住！我林蓁怎么可能去做一只攀附于人的凌霄花。你要是懂我,就别往下说。”

“好,我尊重你的选择。大不了以后每个周末我飞一次西安。可是我记得你们周末和节假日的时候是最忙的。到时候你不会没空陪我吧？”

林蓁这才想到异地恋爱的问题。她想了想说:“我尽量向主管申请节假日少排课。平时多上些晚课补回来就行了。”

“上晚课岂不是很辛苦？那不行。”

“安啦安啦！我保证你来的时候能见到一个精力旺盛的林蓁,其他的你就别操心啦。”

“那好……或者……要不你调来上海。你们公司总部在上海,对你的发展也好。我老板跟你们公司老总认识,要不要……”

“我不会离开西安的。”林蓁坐了起来,凛然打断楚曼朱的话,语气生硬干冷。她背对着楚曼朱,只是坐着,其他什么也没再说。

一时呆住的楚曼朱这才意识到自己的这个请求过分了，连忙也坐了起来道歉说:“对不起。是我欠考虑。你肯定舍不得离开你的家乡。是我自私了。我……我就是想多和你在一起,你别生气。”

林蓁转身看向楚曼朱,见他眉头紧蹙,深邃的凤眼流露出深深的愧疚。林蓁心头一软,言语间恢复了温柔:“我的意思是,我爸妈一时间肯定舍不得我的。这么大的事情,慢慢来。来日方长。”

“好,来日方长。我喜欢这个词。那你……不生我气了吧?”

林蓁轻轻吻了一下他的脸颊,说道:“我哪儿有生气。你连我生气时候是什么样子都不知道,笨蛋楚曼朱。”

楚曼朱紧接着说:“我知道。但我再也不敢体验了。林老师生气,是要假装拒人于千里之外的。”

“怎么是‘假装’呢?我那时候是真的不想理你好吗?”林蓁笑着说。

“是谁刚才说拒绝我的时候也很难过?又是谁打听我的消息?还清清楚楚地知道我当时拿了几个 offer?我自己都没记这么清楚。”楚曼朱眉峰一挑,一副得意扬扬的样子。

“那是我记性好。就允许你博闻强识,别人就不能过耳不忘了?”林蓁反驳道。

“可以是可以,不过,不管当初你对我的拒绝是假意还是真心,我都真的很受伤呢!所以,你要补偿我!”楚曼朱又故技重施，嘟着个嘴作委屈状。

“那你说，要我怎么补偿？”

楚曼朱收起玩闹样子，认真地说道：“我就想要一个答案。你……放弃三年前你喜欢的那个人了吗？”

楚曼朱原本以为这个问题会让她很难回答，甚至会再次让她不开心。但这个问题从林蓁答应做他女朋友时就开始折磨他，已到了不得不问的地步。而且，应该没有比现在更好的时机了。

让楚曼朱没想到的是，这个问题林蓁回答得坚决果断：“是的，放弃了。我等了七年，他音信全无。我放弃了。”

楚曼朱如释重负：“好！”

显然林蓁这三句短短的解释对于楚曼朱来说已然足够了，但林蓁继续说道：“其实再等七年都没有什么。但我遇到了你。我不想再次错过。”

林蓁傻得让楚曼朱心疼。等一个人等了整整七年！在一个女孩儿最好的年华里。多么傻的林蓁！多么好的林蓁！

他一时不知道该说些什么才合适，只好重复道：“好。”

“我和他的事，我会慢慢告诉你，如果你想知道。”

“来日方长，你想说的时候慢慢告诉我。不过可不可以先告诉我，他究竟为何让你念念不忘？”

“他曾经救过我。两次。肉体一次，精神一次。”

“……跟你背上的伤有关吗？”

林蓁下意识地用右手摸了摸左肩胛骨处的一道大约五厘米长的伤疤，说道：“你发现了啊。其实伤口并不深，但当时消炎药不够了。护士把头发烧成灰撒在伤口上，才止住了感染，但还是留下了疤。”

“什么医院连消炎药都没有了？”楚曼朱愕然道。

“不是医院，没有医院……头发烧成灰后撒在伤口上的……没有医院……受伤的人很多……药不够了……”林蓁低下头，声音很轻，而且越来越含混。说到后面几个字的时候，即便离她近在咫尺，楚曼朱都没听清楚她说了什么。

“什么医院？”

“没什么医院……”几秒沉默后，林蓁强挤出了一个笑容，抬头看着楚曼朱继续说道，“今天先不说这些不开心的事了好吗？今天可是我们第一次约会呢。”

“好。你想说的时候再说，其实不想说也没关系。时间是线性的，过去我没能陪伴你左右已成既定事实，我无能为力，但现在的林蓁和将来的林蓁都会有楚曼朱在身边。我在你生命里的缺席，是过去完成时；而我对你的陪伴，是一般现在时。”

林蓁凝望着楚曼朱的眉眼舒展开来，刚才强挤出的笑容逐渐被发自内心的喜悦所取代。

“好，谢谢你。”

“傻子，跟我说什么谢谢，”楚曼朱摸了摸林蓁的头，看着林蓁的眼睛，“我要你以后都开心快乐，你的要求我都会尽力满足。这些可不是随便说说的甜言蜜语。我是认真的。要不……就从现在开始。蓁，此时此刻，你最想做什么？你说什么我就做什么。”

“哪儿有你这样说风就是雨的。不过……我这会儿倒是挺想听听音乐。这有音响之类的东西吗？可以连手机的那种。我给你放我最喜欢的曲子，看你是否也喜欢。”

“有音响，不过不需要连手机。我知道你喜欢什么。”楚曼朱顺手在墙壁上按了一个不起眼的按钮。

随着灯光逐渐暗淡，巴赫的提琴协奏曲穿越了三个多世纪，在雪屋内回转流响。林蓁平躺着闭上了眼睛，身心被沉郁优美的大提琴声包裹，她感到无比的满足、安全、畅意。雪屋在此刻被赋予了灵魂，仿佛圣殿，仿佛整个宇宙。

一曲过后，林蓁睁开眼睛，问楚曼朱：“那么你喜欢谁的音乐？我也想知道。”

“我也喜欢巴赫。”躺在林蓁身边的楚曼朱扭过脸来，不假思索地答道。

“所以这是爱屋及乌吗？”

“一开始是的。认识你以前不怎么听音乐的，后来因为你，我尝试着听了听巴赫，发现很有意思，很数学，逐渐就喜欢上了。”

“很数学？”

“是的。”楚曼朱来了兴致，坐起身来，一边说一边打着手势：

“比方说，如果我们把数字和音符对应起来：a 等于 1，b 等于 2，c 等于 3，依此类推，那么 h 等于 8。巴赫的名字 bach 所分别对应的数字就是 2、1、3 和 8，这几个数字加起来等于 14。我发现巴赫的重要作品里面，主题旋律都是 14 个音符。而且和 2、1、3、8 这四个数字相关的排列在他的作品里面也很常见。再比如，把音乐的高潮部分放在黄金分割点上，也是他常玩的数字游戏。总之，他音乐中繁复精美的回转、穿插、对称和并流，让我感受到了规则和秩序的和谐美。我一股脑儿说了这么多，你……你明白吗？”

“怎么不明白呢，我不能辜负楚老师对我‘一点就透’的良好评价呀！”林蓁一双笑眼看着楚曼朱，俏皮地说，“你知道吗，我很崇敬的两个人，一个是‘诗人’海德格尔，另一个就是‘数学家’巴赫。”

“‘起源总是从未来处与我们相遇。’这两天我总是想到海德格尔的这句话。”楚曼朱接话道。

“我想在某些层次上，你和巴赫、海德格尔会有着更多的契合，因为你们对数学都有着深刻的理解。从这一点来说，我很羡慕你。”

“那我教你一些数学。你想学吗？”

“想！”林蓁也坐了起来，和楚曼朱面对面继续说道，“其实我一直都想找个机会好好学数学来着。英语是一种语言，数学也是一种语言，能敞开通往自然奥妙的窗户——正如你所言。而我一点儿也不贪心，能打开一点儿窗户缝就行了，窥豹一斑我就知足了。”

“那好。你们英语专业好像数学学得不多……让我想想应该从哪里开始……”

“要不从微积分开始？”林蓁眨了眨眼睛。

“微积分学过一些吗？”

“……知道关于微积分的一个悖论，算吗？”

“哪个悖论？”

“就是阿基里斯追乌龟那个。”

“芝诺悖论。那你知道芝诺的问题出在哪里了吗？”

“好像有点儿知道。好像是他‘微’了，但是没有‘积’。”

“聪明。你能说到这个程度，就证明你对微积分是有一点概念的。”

“说对微积分有了解真不敢，我压根儿就没学过，当时是把这个悖论当哲学问题想了想。对了，楚老师，既然说到微积分了，那请跟我讲讲微积分的魅力在哪里。”林蓁说完停了一秒后又补充说，“请不要讲得太‘数学’哦，我怕我会听不懂。”

“好啊。我认为微积分最有趣的是‘极限’的思想。‘极限’就像宇宙尽头插着的一面旗帜，你知道它切实存在，你可以离它无限接近，但永远无法触及。”

“既然我们永远也无法到达‘极限’，那研究这个‘极限’还有意义吗？”

“答案是肯定的。在微积分中，极限在现实中的不可到达性往往无关紧要。在想象中我们能够到达极限，这便足够了，因为在此过程中可以解决许多实际问题。就好像一个人为明知不可能实现的目标而努力奋斗，在此过程中解决了一个又一个实际问题，攀上了一座又一座思想高峰，那我们也不能说追求这个目标毫无意义，对吗？”楚曼朱没有等林蓁回答，继续说，“所以有人认为数学家都是很实际的，数学工作都是很务实的。其实不完全对。数学家也是很理想化的，数学研究是需要想象力和灵感的。而对于‘极限’的想象，就是微积分的魅力所在——在无穷远处，一切都简单而优雅。”

“我想我明白你的意思了。‘虽不能至，心向往之。’”林蓁会心一笑，“我会记得这句话的。你也要记得。”

“蓁，你总结得挺好，我会记得的。但是这样笼统地说一下是远远不够的，我们要找时间系统地学习一下微积分，后面再学习高数其他分支。”

“果然，‘起源总是从未来处与我们相遇’。”两人相视而笑。

“对了，你还没说你为什么喜欢巴赫呢。”楚曼朱接续了刚才的音乐话题，“我只知道你喜欢他的音乐，但是你从没说过原因。”

“因为他曲子里那种沉郁顿挫的味道让我想哭。不是因为悲伤，而是和他的热忱共鸣。”

“蓁，你是一个诗人。”

“我不是，我是一个俗人，”林蓁轻轻地摇了摇头，“我达不到他们的那种‘至纯至真的热忱’，我心里还有很多牵绊，我还有一些事情要去完成。”

“什么事情呢？我可以帮助你一起完成。”

“确实需要你的帮助呢！比如说，我这个俗人现在在想，周六难得都放假，我们一起去哪里玩一玩放松一下？最好是人少环境好的地方。”

“这还不简单。让我想想，人少环境好……我还真知道这么一个地方，周末带你去爬山。”

第十一章
月湖之约

周六用过早午饭后，楚曼朱和林蓁驱车来到位于松江区林荫新路、紧靠佘山山麓的月湖雕塑公园。那日天高气爽，早上还是一团一团的云朵被乍起的秋风熨烫舒展，到了中午就层层分明地铺在天边，好像凝固的海浪，时间也仿佛静止于云端。

下车后林蓁望了一眼不远处几近百米高的佘山，笑着说："我说上海哪里有爬山的地方呢？原来是这里。"

"你以前来过？"

"来过，上大学的时候有个朋友是外国语大学的，就在这附近的松江大学城。她后来出国了，联系就少了。当时我们经常在这附近玩儿。佘山上有座天文台，去过很多次了。有一次还幸运地看到了英仙座流星雨。"

"哦，"楚曼朱有些失望，"我还说带你去天文台看看呢，我猜你会喜欢那儿。我早应该想到你去过的。其实……你应该比我更熟悉上海。我这三年不是在公司就是在住所,偶尔在咖啡厅。”

“没事啦,以后我多带你在上海和西安玩儿,丰富一下你这个工作狂的生活。”

“好啊！求之不得。”

“不过这个公园我没来过。今天天气不错，这里人又不多,挺好。”

两个人牵着手在公园中信步而行。佘山月湖雕塑公园自然是以雕塑为特色:有铜的、石的、陶的,还有钢的;有中式的、日式的、西式的,还有风格不明的。在这些大小不一、形态各异的雕塑中,有一座名为《三个回转》的作品让林蓁很感兴趣,驻足观赏了很久。

这座雕塑由三个不锈钢镜面体组成。镜面并非静止不动,而是以不同的速度缓慢旋转。林蓁慢慢走近,她看到了镜面群中的三个自己。三面镜子所呈现的光影随着云朵对阳光的释放和遮挡持续变幻,林蓁看到自己镜中的身形被不断叠加,由三个变成了九个以至更多,仿佛掉进了一个有着无限广延的万花筒里。周围的时空在镜像中不停地进行折叠和重组,林蓁在这个既狭小又宽广的空间里面迷路了。

“你这是怎么了,蓁?”若不是楚曼朱的声音将她拉出来,她还不知道要在里面待多久。

“我……没事,就觉得这些镜子挺有趣的,让我想到了柏拉图的三张床,想得久了些。”

“你刚才的样子……” 楚曼朱的声音里带着隐忧,“我总感觉你在心底好像畏惧着什么。”

“哪有,”林蓁故作轻松地开着玩笑说,“什么畏惧不畏惧的,我刚才想的是柏拉图,不是海德格尔。安啦!我没事的。”说完抱着楚曼朱,冲他俏皮地眨了眨眼睛。

“你说你一个学英语语言文学的，小脑袋瓜里成天胡思乱想些什么呢？”

“这你就不懂了吧。如果我们学习语言的仅仅把语言当作交流的工具,那迟早要被人工智能取代的。要是每个人都把专业当作吃饭的工具而不做思考，那人类迟早要生活在matrix(矩阵)里面。”

楚曼朱被林蓁的话逗笑了:“哎哟!我们小林蓁眼界很大嘛!人家不过是忧国忧民,你是担忧全人类。好了好了,你能开玩笑就应该没事了。”

林蓁嘟个嘴,假装自己不开心,说道:“谁开玩笑了?我在认真跟楚老师探讨问题呢!难道楚老师就不为人类的未来担忧吗?”

“我没想到你是认真谈论这个问题呀。好吧,那我说说我的看法……”

楚曼朱刚来了兴致，没想到林蓁挣开他的手，一边跑一边笑：“今天难得放松，谁要跟你探讨这么沉重的话题。哈哈哈！笨蛋楚曼朱！”

“你个小妮子！看我抓住你不好好收拾你！”

两个人在偌大的公园里笑着、跑着，公园里时不时有人投来或是惊讶或是鄙夷的目光，他们只当看不见，照样笑着，直跑到公园围墙附近的草坪上。两个人停下来，恣意地躺在柔软细密的草地上，享受温暖的秋日阳光。

林蓁指着不远处的一个红色穹顶建筑物说：“那个房子好像是文艺复兴风格的。青山绿水，红顶白墙，很好看。”

“哦，那个呀，那个别墅是仿照花之圣母教堂建的。”

“穹顶还真是有点儿像。你怎么知道得这么清楚呀？”

“那个是我老板的别墅，我去过几次。今天晚上那里有聚会，你要是想去凑热闹的话我带你去玩儿。”

林蓁没有回应。

“蓁？你想去吗？顺便可以见见我老板。他对我挺好的。”

林蓁还是没有回应。

楚曼朱转头看了眼林蓁，她正闭着眼睛，好像睡着了。楚曼朱也慢慢闭上了眼睛。此时他的世界静止了下来。他能够闻到周围青草淡淡的香味，触到身边林蓁略微发凉的指尖，听到近处树上的鸟鸣和远处孩童的嬉笑声。他闭着眼睛，什么也看不到，但又好像什么都看得到。他看到一只蜜蜂忙碌地飞舞着，毛茸茸的脚上一粒明黄色花粉变成了一颗以光速运动的粒子，倏地飞出了地球大气层。粒子飞翔时拉出的长长尾迹在宇宙边缘弯曲，和花之圣母教堂的圆顶弧度完美重合。教堂里有一面巨大的管风琴，正演奏着巴赫的曲子。那粒子随着音乐节奏跳跃，尾迹的弧线是富有韵律的波浪，平衡之美在律动中孕育而生。楚曼朱努力记忆着这条弧线，想要截取最美的一段画成一幅画，凝固在时间做成的礼盒中，送给林蓁。

楚曼朱已经很久没有这样胡思乱想过了，或者说，他已经很久没有这样心驰神往过了。这三年来，他每天所想的内容都无比实际、具体：开盘的时间，具体到秒；股票的价格，具体到分；给自己制订的目标，具体到天；需要完成的业绩，具体到月。数学、宇宙、哲学都在这些具体和实际的事物中变得毫无意义。但在此刻，在月湖公园的草坪上，它们又悉数从尘土中钻出，在楚曼朱的脑海里跳跃、碰撞、发光。

不知过了多久，楚曼朱睁开了眼睛，如梦初醒般。他转头看林蓁，发现林蓁也在看着他。

林蓁说：“你醒了。咱俩居然都小睡了片刻。我醒得比你早点儿。”

"蓁，谢谢你。"

"嗯？谢我什么？"

"让我享受了一个真正的假日，满血复活了。"

"嗨，放轻松点儿，我的楚曼朱同学。'宇宙很大，生活更大。'"

"这话怎么听着有些耳熟？"

"《三体》里的。"

"哦！我大学时候看过。没想到你也喜欢科幻类作品。"

"难道我就只能喜欢《红楼梦》或者是《了不起的盖茨比》？我喜欢各种各样类型的书籍和知识，就好像我喜欢各种各样流派的音乐。欣赏不同风格的作品，体会每一种独特而又互相关联的美，就没那么容易陷入偏激和片面……哎呀，sorry（对不起）！我的职业病好像又犯了。"

"没事，我喜欢听林老师的谆—谆—教—诲。"楚曼朱笑着，故意将最后四个字的尾音拖得很长。

"呀！你笑话我！看我以其人之道还治其人之身。"林蓁翻身想要挠楚曼朱痒痒，楚曼朱抓住林蓁的双手，神色认真地看着她："真的，我喜欢听。这样我可以更加了解你。"

林蓁看着楚曼朱的眼睛，里面映着广袤的天空和小小的自己，透彻、明亮。这样的眼睛，让林蓁恍如回到了三年前，让她想起了桃林里的那个少年。

“蓁，怎么了？看我看呆了？”

林蓁有些尴尬，慌忙坐了起来。

“还害羞了。”楚曼朱笑着打趣道。

“谁……谁害羞了，”林蓁站了起来，拍了拍身上的草叶和泥土，“回吧。怕再晚点儿又要堵车了。”

汽车缓缓行驶在月湖山庄北路，与刚才那座红顶白墙的独栋别墅仅一河之隔。林蓁坐在车里，看到别墅前宽阔的草坪上摆着许多长方形餐桌和配套餐椅，上面铺着厚重的粉红色丝绒桌布。已有三三两两的客人在攀谈聊天。草地上有两个白色物体很是引人注意，一个是高约五米的二十层巨型蛋糕，白色奶油的基底上面撒满了金箔，在阳光下熠熠闪光；另外一个更加惹眼，是一只全身雪白的小马驹。它额头正中戴着一个粉红色的人造小角，俨然被打扮成了一只“独角兽”。它似乎很不喜欢头上的粉色异物，不停地用力甩着脑袋，想把这只“角”甩掉，鼻孔中还不时哼出气愤的噗噗声，引得围在它身边拍照片的小朋友发出阵阵欢笑。

“那个蛋糕，”正在开车的楚曼朱用眼角余光扫了一眼别墅的方向后说道，“六个蛋糕师整整做了一个月才完成。今天是老板女儿的生日。”

“哦。想来那只‘独角兽’是小公主的新宠物啰？”

“是的。从荷兰运来的。”楚曼朱一边开车一边继续说着，

"老板对他这个女儿非常疼爱。一年前,也就是她五岁的时候被确诊患有自闭症。也是从那个时候起老板才逐渐对我委以重任,把很多……关键的工作都交给我做。这样他就有更多时间陪他女儿。"

"哦……我要是有孩子,只希望他健康快乐、无病无灾。"林蓁声音很轻,语速很慢。

"我也是。不知道你是否跟我有相同的体会——聪明其实并不是天赋的幸运,而是负担。所谓智者多虑、能者多劳。"

"这一点你倒是深有体会哦?"林蓁看着楚曼朱,笑着问。

"彼此彼此。"

"我不聪明。我很傻的。"

"聪明人才会说自己傻,而傻子才会说出我刚才说的那些自负的蠢话。所以我才是傻子。"楚曼朱看着路况,嘴角微扬。

"你这句话是悖论。"

"傻子是听不出来里面的问题的,所以你也不是傻子。"

"那我这是近朱者赤。"

"哈哈,我这名字倒是起得恰当。好了,说正经的,这蛋糕倒是让我饿了。晚上想吃什么?"

"嗯……不太想去外面吃,有点儿累了。"

"那就去我住的地方。管家可以送吃的,味道比外面一般的餐馆还好些。”

“你住的地方？”

“嗯，我不太习惯把那里叫作‘家’。我现在打电话让管家准备，等咱们到了，就可以直接吃了。”

第十二章
滨江莉都

楚曼朱的住所位于陆家嘴黄浦江畔滨江莉都小区一单元二十三层楼，它给林蓁的第一感觉是简约而高级。房间很大，单是客厅就比林蓁家三室两厅的总面积还大。家具的色调是清一色的棕灰，真皮、大理石和金属线条这三种元素变化出各种形状、构造和功能的陈设。这些设计看起来都很朴素，无外乎是些简单的方形、圆形、流线型，但当它们被昂贵的材料和细致的手工打造出来，又以巧妙的方式组合、被赋予简明的实用性之后，就连林蓁这个对室内装潢毫无概念的人，都能体会到设计者的匠心独运。Less is more（少即是多），的确是一种低调的奢华。

“这个房间的感觉和你很像。”林蓁一边说着，一边走到阳台。

这里的视野和楚曼朱办公室的视野一样开阔。太阳正要西沉，黄浦江两岸还没来得及披上华灯的新衣，其本真面貌在此刻被一览无遗：远处的深灰色建筑群在夜色将至未至之时若隐若现，被江风卷扬而起的鲑鱼色尘雾使这片灰色轮廓活了一般，野蛮地膨胀、扩张，直至跟天色混为一体。混浊厚重的江水之上，一艘艘满载的货轮行驶得异常缓慢，船身之后的条条航迹并无波光粼粼的诗意，倒像是巨兽在沙地中留下的深深爪痕。一切都混沌阴沉，一切都在等待，像等待火光的飞蛾一般等待着夜幕的降临。

“当然像我了，本来就是按照我的想法装修的。”楚曼朱顺着林蓁的话说着，“设计师是意大利人，他所呈现的效果甚至比我的想法更要接近我的想法。”

“可你却不把这里叫作‘家’。”

“这房子是老板给我的奖品，我做好了随时还给他的准备。”楚曼朱走到林蓁身边，一起眺望着浦西江景。“我的家，得由我自己挑选。肯定不会是在陆家嘴，而且也没有必要这么大。这里一共有四间卧室，却只有我一个人住。我曾经试过每个晚上睡在不同的房间，有时午夜醒来，竟不知自己身在何处。每个卧室的窗外都是千篇一律的 CBD（中央商务区）的繁华，但这似乎与我毫不相干，反而让我更觉寂寞孤独、空虚缈小。有时候我多希望我的窗外不是石碑一样林立的高楼，而是点点的万家灯火。”

“曼朱……”

林蓁还想宽慰他几句，却听见门铃叮咚作响——是晚餐到了。

“灯火暂时没有，炊火倒是来了。”林蓁俏皮地说道。

管家将餐车里的菜一一摆上了餐桌，又说了一些制式的礼貌话后便离开了。林蓁看着摆了满满一桌的菜肴，有几道是她能叫上名字的：糖醋小排、八宝鸭、响油鳝丝、腌笃鲜、秃黄油、白斩鸡、草头圈子；还有几道菜她完全不知道是什么，都在滋滋冒着热气，香味溢满了整个餐厅。

“怎么点了这么多呢？吃不完的。”林蓁说道。

“我让他们随便弄点儿炒菜，没想到搞了这么多。吃不完没事的，他们会来人收走。”

“那我们尽量多吃一些，减少浪费。我已经做好体重增加五斤的心理准备了。”

大约一个钟头过后，两个人用餐完毕，管家收走了餐具、清理了餐桌后带着垃圾离开了。楚曼朱和林蓁坐在沙发上聊天。林蓁说这顿饭是她吃过的最好吃的本帮菜，同时表达了自己的担忧：“曼朱，以后别这样浪费了。”

“这些都是包含在物业费里面的，你放心，不浪费钱。”

“不是钱的事。你还记得你第一次请我吃的什么吗？”

“是一碗面。你当时说想吃面，自然是为了帮我省钱，可我却信以为真。请你的第一顿饭居然是一碗七块钱的面，现在想来真是太丢脸了。”

“可你知道吗？就是那碗面让我开始喜欢你的。”

“……这我还真不知道。一碗面让你喜欢我？我怎么觉得你在开玩笑呢？”

“真的。因为在那碗面的故事里，充满了‘恰巧的美好’。”

“‘恰巧的美好’？”

“嗯。那天的夕阳恰巧很美，我们的心情恰巧很美，面的味道恰巧很美，你认真拌面的样子恰巧也很美。这些美好单独拎出来也许算不得什么，但在那个时刻都恰巧凑在了一起，就美好得令人心动。”

“前三个美好我同意，最后一个我不敢当。拌个面有什么美的？只怕是‘情人眼里出西施’吧！”楚曼朱美滋滋地说完后起身走向冰箱，从中取出一瓶气泡水递给了林蓁。

林蓁接过气泡水，继续说：“总归吃什么不重要，重要的是有你陪我。”林蓁说完，喝了一大口气泡水，眨着水汪汪的大眼睛看着楚曼朱。

“喝这么急做什么，小心呛着。”楚曼朱的语气略带责备，可眼里尽是笑意，“那以后我多陪你，让你成为一个‘小富婆’。”

“‘小富婆’觉得气泡水就要大口喝才过瘾。本帮菜太腻啦，喝气泡水很舒服。你不来一瓶吗？”

“我习惯喝茶解腻。要不要喝点儿龙井？我这儿有明前的狮峰，味道挺好的。”

“不了不了，晚上喝茶我睡不着觉。我还是喝这个，我的最爱。”林蓁又喝了一大口气泡水，满足地打了个饱嗝儿，看了一眼瓶子上贴着的商标说道，“这个牌子的气泡水我没见过，气泡很丰富。”

“上次在霓虹之都我看你挺喜欢喝，就打听了他家用的气泡水的品牌。听他们说这个牌子不太好买，全上海只有一个地方有卖，还经常断货，索性就趁着刚好有货时多买了一些回来放着。一冰箱都是你的，喝完了我再给你续。所以你现在是名副其实的‘小富婆’了。”

“你的好意小富婆心领了。小富婆现在吃饱喝足了，需要睡一会儿。你有工作要忙吧？先不打扰你了。”

楚曼朱知道林蓁不是真的要睡觉，她是不想贪婪地占有他所有的时间，也怕楚曼朱熬夜工作。

“我没有什么工作需要处理了。你要是假装想睡觉的话，还不如跟我说说话。我好像对你有说不完的话。”

“被你看穿了，狡猾的楚曼朱同学。”林蓁将一个皮毛一体抱枕垫在了腰后，“那好，我有个问题一直想问你来着。”

“你是想问，我为什么会放弃数学吗？”

“是的，想问很久了。”

“我等你问也很久了。”

两个人的神情在不觉间都变得严肃起来。停顿了几秒钟后，楚曼朱平静地继续说道：“因为我爷爷看病需要钱。”

林蓁曾为楚曼朱编织了很多理由，但没一个跟他的亲人相关，因为在林蓁的潜意识里对楚曼朱是孤儿这件事已经信以为真。林蓁不动声色，等楚曼朱继续说下去。

“三年前，我已经做好了去普林斯顿大学读研究生的所有准备，签证都办好了，却在出发的前几天接到了我爷爷的手术通知单。服刑人员是不能享受医保的，所以医疗费用对于当时的我来说是一笔天文数字。就在那个时候，老板找到了我。”

“他帮你支付了手术费用，条件就是让你给他打工？”林蓁忍不住问道。

“不是。他愿意为我支付一切费用，包括手术费和留学费用。没有任何条件。”

“什么？他怎么这么好？”

“我爷爷曾经帮过他。用他的话说，我爷爷对他有恩。”

“既然这样……你为什么还是没有去美国？”

“两个原因。第一，我想要留下来照顾我爷爷。第二，爷爷的医药费让我对很多事情有了重新的认识。我母亲已不在人世，父亲失踪多年，但我有个很好的舅舅，虽然他经济条件平平，却让我的大学生活衣食无忧。因此大学时代的我，可以在数学构建的纯粹世界中自由徜徉，无负前行。我以为我一直可以保持这样的状态，至少到读完硕博。可是那一纸手术通知单让我从理想的高空重重跌落，让我意识到我必须要承担起我的责任。我要支付爷爷的手术费和后续的医护费，我要报答我舅舅的恩情，我要养活我自己，我要给我爱的人创造好的生活条件。我要给我将来的孩子最大限度的支持，让他不再重复我的无奈，让他的梦想有坚实的物质基础。所以，我选择了放弃数学。"

"曼朱，我理解，很理解。只是……真的好可惜。"林蓁眼帘低垂，她没有勇气看楚曼朱此时的表情。如果当时自己能在楚曼朱身边陪伴他、帮助他，情况会不会与现在不同？林蓁本来不喜欢设想"如果"，可这次她忍不住要想想这个"如果"，并以此为理由而反躬自责。

"似乎是有些可惜的。十万块的手术费让我放弃了十年的梦想。"说到这里，楚曼朱站起来走到阳台，再一次远眺江上。林蓁也跟了过去。此时华灯初上，黄浦江水荡漾着霓虹的色彩，楚曼朱的声音被江风浸润，又被江水的节奏一拍一拍地送入林蓁的耳里。

"你知道吗？蓁，当只有小学文化的老板把五十万现金摆在我面前的时候,我就在想:我读的那些书,我懂的那些公式定理,在现实里究竟有什么用?”

“不是这样的,曼朱。数学研究的成就和贡献不是金钱能衡量的。”

“可我爷爷的手术费是要用金钱来衡量的。现实生活里的一切都是要用金钱来衡量的。”

林蓁不说话了。她很想问问楚曼朱放弃数学到底是真的为了他爷爷,还是因为无法抵抗那五十万人民币所代表的诱惑。但林蓁没能问出口,因为她在楚曼朱最难的时候离开了他,她没有资格问这样的问题。林蓁抬头看了看江风吹拂下的楚曼朱的侧脸。微微凸起的眉骨几乎等分了发际线到鼻尖的距离,挺直的鼻梁将饱满的额头和棱角分明的嘴唇以近乎完美的比例衔接。楚曼朱的侧脸像希腊雕像一般冷峻而和谐。

“爷爷的手术非常成功,他康复后我就来到了上海。老板对我很器重,我也没有辜负他的信任。我对股票有着一种敏感,就跟我对数学一样。我替他赚了很多钱,当然他也没有亏待我。现在想想当初的决定,我一点儿也不后悔。如今我只想让我自己和我爱的人能够更好地生活。我爱的人,除了爷爷和舅舅以外就是你了,蓁。”

楚曼朱说完,将目光从远处收回,深情地投向林蓁。他以为这番话会让林蓁很感动，并且对他所承诺的“更好地生活”憧憬万分，但林蓁接下来的问题却让他始料未及。

“可是……曼朱，虽然我不懂你们这套玩法，但是有赢就有输、有赚就有赔这个道理，跟能量守恒定律一样，是不会改变的。所以，你们在股票里面大赚特赚，就会有人大赔特赔，对吗？你们用股票市场上赚的钱，买跑车别墅，那是不是就意味着有人会赔得倾家荡产？”

“是的。”楚曼朱的回答干脆冷酷，没有一丝同情和怜悯。

“那他们要怎么办呢？”

“没有什么怎么办。愿赌服输，仅此而已。就算赔上身家性命，也是出于自愿，没有人强迫，所以怪不了任何人，只能怪自己。这就是游戏规则。要入局玩儿，就要遵守规则，就要输得起。”

“可规则是你们定的。他们永远也赢不了。”

“规则不是我们定的，规则是由经济规律定的。只能说我们手握更多的资本，有更大的操作空间而已。”

“好一个‘操作空间’！‘操作’的结果就是让一个个家庭支离破碎、一个个生命戛然而止？曼朱，这种赚钱的方式，是不是有些残忍？”

楚曼朱不再回应林蓁的目光，他又开始遥望着远方。他的目光扫过江面，掠过了亮着灯的海关大楼，一直到达漆黑一片的远方。沉默了一分钟后，楚曼朱又开口继续说，声音很低："蓁，这三年来我沉浮在股海里，体会最多的是什么？是人性的贪婪。有很多人，平时精打细算，买几毛钱的菜都要讨价还价，可玩儿股票的时候，却失去心智一般将自己毕生的积蓄尽数投入。你知道这是为什么吗？这就是赌徒心理。你知道这种心理的根源是什么吗？就是贪婪。"

楚曼朱转头看着林蓁，眼神跟语调一样深沉："他们最终失去一切，是因为他们一开始想要获得一切。"

林蓁看着楚曼朱。此时的他仿佛完全变了一个人——嘴角微微上扬，似乎带着一种傲慢与鄙夷；眼睛很空、很黑，深不见底，和下午在公园时的那双眼睛迥然不同。林蓁不再看他的眼睛。而楚曼朱对林蓁目光的回避毫不理会，自言自语般继续说道："贪婪——对于他们来说，是魔鬼。但对于我来说，是工具。别人都以为我的准确操作是源于我对市场的准确判断，其实根本不是——是源于我对人性贪婪程度的判断。而事实证明，人性的贪婪往往比我预估的更加疯狂，我也曾因此失误了很多次，亏过不少钱。但还好我是个善于从失败教训中学习的人。后来我在股票游戏里玩儿得顺风顺水，是因为我逐渐学会了操纵'杠杆'。不是金融的杠杆，是给贪婪加码的杠杆。"

楚曼朱的这番言论让林蓁惊骇不已。她一时间没能整理好思路，不知该从什么角度反驳，断断续续地说道："可我……还是觉得有哪里不对。就是觉得，不公平。要说贪婪，无论贫还是富，只要是人，就大多是贪婪的。仅仅是因为信息不对等、分配不均衡，所以穷人更穷、富人更富，这样不公平。"

"蓁，在资本的世界里，追求平等自由这些虚无缥缈的口号不过是给弱者注射的麻醉剂，让他们能够在卑微的生活里充满希望地苟延残喘。而真正的规则是弱肉强食、成王败寇。这个道理，我从十八岁就明白了。"

林蓁深深地吸了一口气，然后又重重地呼了出来。她脑海中思绪纷飞，无数个问号、无数种情绪瞬间将她填满：楚曼朱为什么会变成这样？还是他的本质即是如此？十八岁的楚曼朱经历了什么？三年前的楚曼朱会说出这样的话吗？我要怎样做才能帮助他？我必须按照他的要求做才能帮助他吗？我究竟该怎么做？

林蓁强压住心潮起伏，她知道此时对楚曼朱说什么都是徒劳的。

"好了曼朱，不说这些了，我累了，想休息了。"

"好，不说这些了，这些都不重要。重要的是我们可以过上舒适的生活。你先随便挑一个你喜欢的卧室，卫生间里有洗漱用品，如果你用不惯可以让管家将你喜欢的品牌送来这里。我过一会儿就去陪你。对了，下周日晚上有个圈里的小聚会，你想去的话我带你去玩儿玩儿。”

“好。”林蓁很快就给出了肯定的答复，这倒让楚曼朱有些喜出望外。

“那明天我带你去商场 shopping（购物），买一些合适的衣服首饰。参加我圈子的聚会，自然应该是我来埋单，你可不要 say no（拒绝）。”

第十三章
地下派对

第二天楚曼朱带着林蓁来到恒隆广场购物。用林蓁的话说，来这里不是买衣服，而是买行头。衣服是给自己穿的，行头是给别人看的；衣服要好穿，行头要好看。

林蓁对楚曼朱给她埋单这件事有着强烈拒绝的冲动，但在做了简单的价格预估和加法运算后，林蓁不得不暂时默许楚曼朱昨天晚上所说的牵强理由。按照楚曼朱那个圈子的标准，一套衣服、皮包再加上各种首饰的价码，恐怕足以抵得上甚至超过林蓁的全部存款。

而她必须去参加这个聚会。

恒隆广场一楼的专柜被他们转了个遍。每踏入一个店面，林蓁都会接受五六个店员众星捧月般的服务，她感觉自己是一只游进了龙宫的小鱼，汩汩潮水裹挟着一件件琳琅珍宝，走马灯似的在她眼前饱和式呈现。她没有时间思考，没有机会发问,没有勇气拒绝。她随波逐流,进入了一间又一间店铺,遭遇了一波又一波热情,试穿了一件又一件衣服,目睹了楚曼朱一次又一次刷卡。当时的林蓁还不明白,她能受到如此待遇,无外乎是因为楚曼朱一身名贵的行头以及他那张注册姓名为"陈桂芳"的最高等级贵宾卡。

两个人从中午一直逛到了下午。除了给林蓁置办了几身衣物之外,楚曼朱给自己也添置了一些。当他们在商场五楼用下午茶时,林蓁终于找到了静下心来的机会,计算了一下这近四小时的开销。尽管有心理准备,但结果还是让她无比震惊——花了将近一百万元!此时林蓁的面前又是一桌无论如何也吃不完的丰盛美馔,但她的全部心思都在想着花掉的那一百万元人民币。楚曼朱四个小时花的钱,相当于林蓁十年的工资,相当于一个普通家庭多年的家底,相当于中等城市一套面积不大的两居室,相当于高轻晗父母三辈子的收入!

林蓁机械地用筷子将食物放入自己嘴里,一道道珍馐美味竟吃不出一点滋味。她此时只想看着楚曼朱的眼睛,认真地问他一个问题:"为什么?"

可是她没有问出口。她知道楚曼朱的回答会像上次一样让她失望,无外乎又是那套弱肉强食、强者恒强的冷血理论。她甚至觉得楚曼朱压根儿就不明白她究竟问的是什么,其实就连她自己都不知道该怎样提问才能让楚曼朱明白她究竟想要问什么。她只知道她想用最严肃的目光，看着楚曼朱的眼睛，问他："为什么？"

"为什么？"

"为什么？"

…………

楚曼朱觉察到了林蓁的异样，不过他假装没发现。他已经学会了在这种情况下先不打扰她，给她时间消化情绪。等用餐完毕后两个人回到他的住所，他才关切地问道："蓁，你不开心吗？"

"没……没有啊。挺开心的。你给我买了那么多东西，"林蓁看了眼沙发旁堆成一座小山的购物袋，努力挑了挑嘴角继续说，"当然开心了。就是有点儿太多了，我不知道该怎么办，不知道下周该穿哪一件。"

"原来是因为这个。这个好办，我帮你选。"楚曼朱一边说着，一边将大大小小的购物袋打开，如数家珍般挑拣起来："下周是在老板私宅的小聚，请的都是一些圈内的朋友，所以不用穿得过于隆重。简约一点儿的小礼服就可以，比如……这件。首饰也不用太夸张的，嗯……这个就不错。鞋子嘛……这双红底的配黑色小礼服挺合适。"

"这双鞋的鞋跟也太高了吧！买的时候我就不大情愿，你坚持才买的。楚总，放过我吧，我没穿过这么高的。"看着那双足有十二厘米的细高跟鞋,林蓁的眉头皱得像个小核桃,“我真不明白，这双穿着这么难受的鞋，怎么会有那么多人喜欢。”

“因为穿这样的鞋，能够间接证明这个女人正过着不用为生计奔波的富贵日子。出行都有舒适的专车接送,所走的地方都有柔软的红毯铺路。”

“哦……那好吧。”林蓁在心里使劲冲那双鞋翻了个白眼。

“包的话……这个不错,是这一季的新款。”

“我怎么觉得老花的那个更搭？”

“老花的包你平时用用就可以了，不太适合下周的场合。”

“好吧。”

林蓁压根儿就不想问原因,问了就是一大堆莫名其妙的道理,而且这些道理的意思听来听去都一样,无非是得让别人觉得自己活得好。这让林蓁觉得很奇怪,自己的生活状态自己不清楚吗？非要想尽办法让别人觉得好是为什么？要将内在的幸福夸张地外化是为了什么？

这次没等林蓁提问,楚曼朱自行解释道:“其实这些所谓的‘行头’,对我们这些打工人来说,确实是有附加价值的。较高的生活品质可以有效地证明较高的业务水平。让老板们信任，就会有更多的资本进行运作。而老板们其实更需要这些，尤其是 new money（新钱阶层），更需要这些外化的东西去证明自己是玩儿真的，否则哪儿有合作伙伴会搭理。”

原来是为了钱生钱——还是为了钱。这样看来，楚曼朱昨天说的要给她买东西的那个借口，好像也颇有道理。从这个角度来讲，她林蓁不过是楚曼朱需要示于人前的衣架罢了。林蓁心中无比腻烦，她真想拒绝参加这样的聚会。

可是不行。

她必须去参加这个聚会。

必须。

在参加聚会之前，林蓁独自飞了一趟西安。她跟楚曼朱说是回去看看父母，其实是去参加她唯一好友高轻晗的葬礼。林蓁每年都会来霸陵墓园一两次，因为她的爷爷也安息于此。

高轻晗下葬的那天早上，天气阴冷、云少风静，林蓁难得在此深秋时节见到了霸陵雾凇。漫山遍野的白色林木在蓝色骊山的衬托之下，美得就像是照着唐宋的清词妙句涂抹晕染而成。林蓁拾级而上，来到一处地势较高、位置偏僻的墓园区。在挂白的树枝掩映中，她看到了一座直立的黑色石碑，样子并不像墓碑，碑上刻着的也不像是墓志铭。林蓁走近看去，原来是李白的《忆秦娥·箫声咽》其中的两句：

年年柳色，灞陵伤别。

西风残照，汉家陵阙。

仅此而已。皇帝和平民的安息之所，被千年光阴强行拉拽统一于此。贫富贵贱在死亡与时间面前如同蜉蝣一粟，不值一提。

确实是——仅此而已。

高轻晗下葬的时候，林蓁将一条珍珠母贝扇形项链放在了她的骨灰盒旁边，平静地跟她做了最后的道别："这条项链是你一直喜欢却舍不得买的，如今我送你。但其实我希望你能放下这些身外之物，在另一个世界里自由自在。"

来参加葬礼的一共只有四个人。除林蓁以外，另外三个人是高轻晗的父母和高轻晗情人陈文龙的秘书。高轻晗的身后事由这位秘书一手料理，她父母的心力从来都只在她弟弟身上。在得知高轻晗自杀的消息后，他亲生父亲的第一反应是这样的："石头娃（高轻晗的弟弟高实）的学费咋办？以后谁给我们打钱？"

林蓁是在葬礼上第一次见到高轻晗父母的，之前对两位老人所持有的种种不解在那一刻烟消云散。无论再过多久，林蓁都会清晰地记得他们的模样：经年的风霜与高轻晗父亲黢黑面庞上的深深皱纹融为一体，钉在眼窝里黑豆般的眼睛被黄土高原的烈日烤得干瘪呆滞，下垂嘴角勾勒出的顽固线条是他对外部世界唯一的抵抗。高轻晗的母亲，从始至终没有说过一句话，只时不时地用枯树枝般关节粗大的左手擦拭着似乎流淌不完的泪水。

林蓁再也不难理解高轻晗父亲的冷血反应。

在如同土地一样贫瘠的生命里，儿子是两位老人唯一的盼头。儿子可以生孙子，孙子可以生曾孙子，一代一代生下去，生生不息。至于这些子子孙孙会不会跟自己一样贫穷？似乎和自己毫不相干。

Rich people get richer, poor people get children.

（有钱人更加有钱，而穷人养儿防老。）

至于高轻晗自杀的原因，林蓁是通过她简短的遗书了解到的：

林蓁，我要离开了。

离开这个我痛恨的世界。

自我在一个狭小简陋的村镇诊所被一双脏兮兮的手从娘胎拽出来的那一刻起，我的人生剧本就被写好了。我却蒙昧无知地在自以为属于自己的舞台上卖力表演，像小丑一样。我拼了命地读书、工作，拼尽一切地想要从那个狭小简陋的地方脱胎换骨。我有了些钱，遇到了陈文龙，我以为我可以改变命运。可是短短几个月，我从大学开始攒下的所有积蓄被一条绿线拉进了地狱化为灰烬。失去了经济独立，下一步便会失去精神独立，陈文龙也终会抛弃我。就算他不抛弃我，我也无法忍受人格不平等的感情。

要强是优点，可也是锁链。我身上的锁链太多了，这样表演起来太累了。也许只有在另外一个世界才能解脱，所以我选择离开这里。

这个世界果然还是他们的舞台，他们的游戏。

而我还是那个我，狭小简陋的我。

我真的累了。

我再也不想看见她用手拭泪的样子了。那是贯穿我整个童年和少年时期的诅咒。

我走了。

遗书是陈文龙的秘书交给林蓁的。

"林老师，这份遗书是在她卧室的床头柜上发现的，陈校长让我转交给您。另外陈校长还让我转达几句话。"

"请说。"

"首先,很感谢今天您能来,陈校长知道您是高老师生前最好的朋友。另外,高老师父母和弟弟那边,您完全不用操心,我会处理好。最后,也是最重要的,陈校长非常珍惜他的家庭,他会不惜一切代价维护其圆满。林老师是聪明人,您应该知道这是什么意思。"

"放心,我从不对别人的私事妄加评论,他们的事情在我这儿是安全的。我最近有些事情,工作安排不开。这里是我的辞职信和工作对接方面的一些细节,电子版的我已经发给主管老师了,纸质版的麻烦您代为转交。本应该由我亲手交给他的,但我今天还要飞上海,时间有些来不及。"

陈文龙的秘书没有料到林蓁会有这样的反应,急忙说道:"林老师,这就大可不必了。您能够做到保密就可以了,您的教学水平陈校长是非常认可的。"

"别误会,和这件事没有关系。是我私人的原因。"

和陈文龙的秘书道别后,林蓁便独自一人飞回了上海。

去参加那个聚会。

楚曼朱的老板许觉非在上海市区的豪宅,外表和它主人的外貌一样平平无奇。可当林蓁随着楚曼朱乘坐电梯来到地下室的时候,林蓁被眼前的奢华景象惊呆了。

似乎什么都是金子做的。

墙壁、穹顶、雕塑、家具、软装、摆件，凡是林蓁能看到的，无论用途、大小、形态如何，通通是用金子做的。林蓁来之前对许宅的奢华程度已有一些心理准备，但无论如何也想不到竟可以如此锋芒毕露、直截了当。

楚曼朱知道林蓁不喜欢凑在人堆里，便找了个稍微僻静的角落坐了下来。此时，这座黄金打造的“宫殿”里已是宾客如云。每个人似乎都很忙碌，忙碌地晃着酒杯寒暄攀谈，忙碌地分享道听途说的丑闻，忙碌地编织社交网络，忙碌地将自我失去，而后又慌忙找寻。人们的穿着居然出奇得色调和谐，都是深色系的西装和礼服，在这金屋之内、灯光幽深之中，用深色的外壳将自己的身心藏匿起来，好像是一个心照不宣的规则。

“有些浮夸是吧？”楚曼朱对林蓁耳语道。一位外形英俊的侍者端来了两杯香槟和一小碟腌渍好的配酒果，放在他们面前的桌子上。

林蓁拿起酒杯轻轻晃了晃，淡黄色的酒液里有细密的金箔流动闪烁——连酒里面都加了金子。她不禁问楚曼朱：“你老板到底是搞金融的还是搞金子的？”

“本质都一样。”楚曼朱听出了林蓁的戏谑，“不过这里搞这么夸张也不是没有原因的。听老板说，他发迹后找一位‘大师’算过。这地下室是按照大师的指示装潢的。地上的房间就不好这样弄，太显眼了。”

“我好奇‘大师’是怎么说的，说你老板五行缺金？好老套的故事。”

“你只猜对了五分之一。”楚曼朱说着，喝了一小口自己杯中的酒润了润喉咙，“蓁，这香槟口感不错，度数也不高，你尝尝。”

“我还不太想喝。你刚说我猜对了五分之一，那难不成是五行缺五行？”若不是因为心事重重，林蓁此刻定会笑出声来。

“倒也不是这么可悲。‘大师’的意思是老板发迹不难，难的是守富。想要镇住这泼天的财富，就要固本，本就是五行。”

“那我再猜一猜。所以你老板信以为真，买了五座别墅，分别赋予五行的元素。这里是‘金’，佘山那套是‘木’，其余还有三套，分别在海边，和……这个火和土我想不到能在哪里了。”

“还真让你猜了个八九不离十，不过没这么简单。在新西兰海景房的建造材料里添加了火山石，在佘山茂林中的别墅临近人工湖，属火的房子在日本，属土的你再猜猜，在西安。”

“在西安？……猜不到。”

“霸陵的墓地。”

林蓁语塞。

楚曼朱饶有兴致地继续说:“墓碑是用纯金打造的,有专人二十四小时看护。也就是说每一个房子都有两种属性,说是依据什么相生相克的一套理论。具体还挺复杂。”

“那这样说的话,这里应该占了金和木两种属性。我怎么没看到木头,只有满眼的金子呢?”

“你再仔细看看。今天灯光调得暗,可能不好看清。”

林蓁再次打量着这座“地下宫殿”,才发现除了吸睛的金制品之外,还有不少深色的木制品,不仔细看确实很难被发现。

“跟听故事一样新鲜。”林蓁轻轻叹了口气。

“这你就说到点子上了。老板他们这样的人,最喜欢听故事。他们喝的酒都是坐船环游过世界的,吃的鱼子酱是由十二年才产一次卵的beluga(白鲟鱼)所产,喷的香水里的钻石细粉是英国贵族谒见女王时戴的首饰研磨而成的,舔的冰激凌的冰来自非洲一座山顶上正在融化的冰冠。只要是故事,甭管是中式的还是西式的,甭管听起来有多离谱,他们通通埋单。越离谱越好,越离谱就越稀有,越稀有就越能体现他们的身份和财富。”

“真是有趣的循环。”

楚曼朱本以为林蓁听到这些故事会颇感离奇有趣,没想到她只是淡淡地说了上面这句话。

楚曼朱不解道:“什么循环?”

“人们喜欢听故事,也喜欢编故事。老板们编故事是为了画饼收买人心,听故事是为了给花出去的钱财找一个让自己满意的理由;卖货的人编故事是为了提高货物的附加价值,听故事是为了有动力继续给老板们当牛做马。不过,无论是谁在编故事、谁在听故事,都对有关人间疾苦的真实故事不怎么感兴趣。就好像三个平行的世界。”林蓁盯着杯中流淌着的如金沙般的金箔,喃喃低语道。

“你都说了什么?太吵了,没听清。”

“没什么。你老板呢?”林蓁提高了音量。

“他一般会晚到。咱们先玩儿咱们的。我带你到处转转,这里有很多有趣的东西。”楚曼朱放下手中的酒杯,杯中酒已经喝了一半。

“再坐会儿吧,高跟鞋穿不惯,脚有点儿疼。”

“也好。说来奇怪,这酒度数这么低,我怎么喝着有些晕……”

楚曼朱话音刚落,一个熟悉的声音传入了他的耳朵里:“楚老弟,今天终于见到你女朋友真人了!真漂亮!”

原来是沈肖。

楚曼朱笑脸相迎:“肖哥来得早。老板还没下来?”

“应该是吧,我也刚来。最近大盘还是不好看,但公司业绩还不错，今天的小聚其实就是为了给大家伙儿放松一下，顺便鼓舞士气。今晚和弟妹要玩儿得开心啊，多喝点儿没事，安排了几十个代驾在外面候着呢。”

“肖哥，餐厅的事还没谢你。”

楚曼朱又拿起刚刚放下的酒杯，将剩余的酒一饮而尽。

“跟你肖哥还客气什么。那两个位置也是一个朋友送我的，我一个人单着，当时还正发愁跟谁组搭子呢。你跟弟妹去，正合适。”

沈肖随即向林蓁看去，重重地点了一下头，林蓁也微微颔首回应。沈肖又向楚曼朱的方向侧了侧身，压低了声音说：“有个事得单独跟你说。换个地方说。”

“什么事啊？搞得这么神秘。我不能把她一个人留在这儿。”

林蓁似乎听到了他们的对话：“我一个人没问题的。我就在这儿等你回来，你放心吧。”

“这不行吧，我怕你一个人……”

“快去吧。我就在这儿等你，哪里也不去。”

楚曼朱一头雾水地跟着沈肖来到一个单间休息室，打开门的瞬间只觉酒气上涌，整个脑袋昏昏沉沉的。楚曼朱模模糊糊地看到房间里面站着一个人，他使劲揉了揉眼睛，依稀分辨出这个人是王若滢。王若滢踩着高跟鞋、扭着曼妙的身姿哒哒哒哒地走到门跟前，将沈肖离开时关上的房门反锁上。她转过身来面向楚曼朱，脱下了外套，柔声细气地说道："楚曼朱，你就想这么轻易地甩了我？"

这是楚曼朱在彻底失去意识前听到的最后一句话。

此时的林蓁在这座地下宫殿里茕茕游走。这里像一座迷宫，似有许多个彼此独立却又甬道暗通的房间，里面困着形形色色的人，像是过客，又像是俘虏。对于林蓁而言，这里更像是一座坟墓，而她即将变成这座坟墓里的幽魂。

她经过了一个酒窖，看到三面深色实木通顶红酒酒柜高耸矗立，黑压压的柜子上摆满了沉甸甸的酒瓶。突然之间酒柜倒塌，酒瓶碎落，淌出的红酒汩汩汇流成河，越聚越多，即将淹没这座地下宫殿。猩红的酒池里，迷失的人们在濒死之前尽情放纵。他们有的肆意大笑，笑中还伴着凄厉的哭诉，听不出这声音的情绪是极喜还是极悲；有的低着头，贪婪地在酒池中啜饮，脸、身、口、鼻都染得血红，如此尤嫌不足，干脆整个身子沉入酒池，消失在冒着气泡的红色漩涡里；有的感到了恐惧，极力想要从这片酒池中挣脱而出，可越挣扎沉得越快，只好在酒水即将没过脖颈之时宣告自己虽将死亡，但曾真实活过。这画面让林蓁毛骨悚然，她不敢继续再想，在恐慌发作之前飞快地逃离了那里。

林蓁来到了另外一个房间，这是个深蓝的世界。吊顶是深蓝的星空，其下是深蓝的泳池。夜空中的繁星仿得很逼真，大小错落，明暗交替。点点星光映于水中，在波光粼粼中流动了起来，像极了凡·高的画作。这让林蓁有种冲动，她想脱光所有衣服，一头扎进泳池中恣意徜徉，完完全全融于这片星海里，变成一条鱼，变成一只鸟，毫无保留地和水、和天融为一体，成为真正的自己。但现在还不是时候，她还有事要完成。她决绝地离开了。

她又到了一个温度和音乐都令人舒适的、似乎是供人喝咖啡的地方。林蓁看了眼手表，又看了看手机相册里的房间布局图，在确定时间充足之后，她找了个位子坐了下来。演奏音乐的是一个小型管弦乐团，他们坐在房间正中的一个小型舞台上，舞台被从顶部流下的立方体水幕环绕，与周围错落分坐的听众仅一水之隔。音乐声伴着水流声，轻抚着她的忐忑不安。一曲过后，林蓁起身离开这里，经过一条长长的走廊，按动了通向上层的电梯按钮。

第十四章
暗夜别离

休息室里，楚曼朱在手机铃声响了三遍后逐渐苏醒,发现房间里只有他一个人。他模糊地想起在沈肖关上房门的那一刻,似乎听到了一声“对不起”。楚曼朱闻到了一股淡淡的香水味儿,好像是王若滢常用的那一款,这才猛地想起刚才她好像也在这个房间里。楚曼朱惊出了一身冷汗。心神未定之时,电话铃再次响起,他拿起手机一看,是林蓁。

林蓁！林蓁还在等他！

“喂,蓁,对不起啊！我好像喝醉了,不知道怎么回事……就睡着了。你现在还在那儿吗？我马上过去。”

“我在你公司。”

“什么？我公司？”

“你过来吧。我等你。”电话那头林蓁的声音很平静,仿佛此时的她出现在楚曼朱的公司里并没有什么不妥。

“好。那你等我，我这就打车过去。”

楚曼朱慌慌张张地离开了休息室，他想以最快的速度奔向林蓁，故意躲开了人群聚集的地方，闷着头往电梯间快步走去。可事与愿违，在电梯门打开的一瞬间，他看见里面有个人正在打电话。那人不是别人，正是老板许觉非，楚曼朱已无处可避。

许觉非今天穿着浅米色羊绒桑蚕丝亨利衫，质感柔和，袖口和领口饰着精致的螺纹边。楚曼朱有好几天没见到老板的面了，基本都是电话和微信沟通。此刻的乍然见面让楚曼朱觉得有些异样：一是老板比上次看见时更瘦了，二是他居然没有戴眼镜。

许觉非其实并不近视，年近四旬的他视力跟飞行员一样好，但他却总喜欢戴一副平光眼镜，只是为了装饰。说装饰也不准确，因为他扁平的鼻梁和较宽的眼距让他戴上眼镜后既不美观也不舒适，眼镜总是一个劲儿地往下掉，需要他一个劲儿地往上扶。但他就是喜欢戴眼镜，确切地说是喜欢扶眼镜，喜欢做这个动作时表现出的那种“钝感”。不熟悉他的人可能会觉得他在假装斯文，但楚曼朱知道其实并不是：老板是要将自己箭镞般犀利精明的目光藏在这两片玻璃之后。他不喜欢让别人看透自己，包括他的财富、狡黠以及弱点，所以他总是在隐藏。但此时不知是什么原因让许觉非放弃了伪装，眼神中疲态尽露。

“确定吗？你确定是他的女……”

当许觉非看到电梯外面的楚曼朱时也吃了一惊，说了一半的话顿时被止住，只有电话那头的人还在嘀嘀咕咕地说着什么。许觉非立即挂了电话，走出电梯，面色有些不自然，问道：“小楚，怎么就你一个人？你……女朋友呢？”

“老板，您怎么知道我有女朋友的？我好像还没来得及告诉您。”

“呵呵，好事也会传千里嘛。”许觉非干笑了两声后清了清嗓子，将语速故意放得很慢。他要保证他的声音总是不疾不徐、稳定沉着，至少在下属面前必须这样。

楚曼朱心想，一定是沈肖告诉老板的，便略微尴尬地解释道：“她不太喜欢人多的地方，就先回去了。老板，要是您没什么事的话，要不我也先回公司了，还有点事情需要处理。”

“我让司机送你。”

“不用了老板，我找代驾。肖哥说……”

“这么晚了，我不放心。”

许觉非没有再给楚曼朱拒绝的机会，立即拨通了一个电话，小声吩咐了几句后又对楚曼朱说：“司机在门口等你。”

在许觉非的豪车里，楚曼朱打开手机的网页浏览器，在搜索引擎中输入“如何判断自己是否在梦里”。最靠前给出的判断方法是:想想周围是否发生着反常的事情。这一条也正是让他对此刻世界的真实性存疑的原因——今晚发生的一切都极度反常。沈肖的举动、林蓁的举动、老板的举动,就连这辆车上的司机,都很反常。

这个司机楚曼朱认识,他其实并不是专职司机,而是老板最信任的贴身保镖许永。他是老板的亲戚,在老板发迹之前就鞍前马后地替他做事。许永没读过几年书,脑子也不够活,玩儿不转金融,但单凭对老板绝对忠诚这一点,就足以让他腰缠万贯、堆金积玉。这样的人居然给他楚曼朱当司机?真是越想越觉得不对劲。

到达目的地后, 许永以安全为由提议跟楚曼朱一起上楼,楚曼朱多次婉拒后独自下了车。

周日晚上的金融中心五十九层灰暗一片,只有一处地方隐约漏出些许白光。楚曼朱循光而去,伸手试探着推了下公司的门,门禁是开着的。走进公司后他才发现那个光源正是“雪洞”。

在“雪洞”里,林蓁静静地坐在楚曼朱的办公椅上。此时的她已褪去华服,穿着和楚曼朱在甜爱路约会时穿的那件白色长裙。楚曼朱想问她是什么时候换的衣服,但当意识到这个问题是他所有疑问中最无关紧要的那一个时,他不知该说什么才好了。

反倒是林蓁先开了口:“你来了。我知道你一定有很多问题想问我,别急,我会一个一个解答。先说第一个吧——公司和你办公室的密码都是沈肖告诉我的。”

“什么?难道你们今天不是第一次见面吗?”

“不是,我和沈肖第一次见面的时间是去年的五月,第二次是咱俩在咖啡馆重逢的第二天。”

楚曼朱猛地想起“云端漫步”正是沈肖带他去的,而“雪洞”的密码也确实只告诉过他一个人。楚曼朱的心像是被一双巨手握住,狠狠攥了两下,这是双重背叛的感觉。巨大的痛感过后是极度的清醒,他彻底恢复了理智。

“我们的重逢,是你们提前计划好的?”楚曼朱一双剑目盯着林蓁,声音里没有丝毫情绪,如同他此刻假面般的表情。

“不是。在咖啡馆和你相遇,是沈肖一个人设计的,我也被蒙在鼓里。沈肖的真实身份是经侦警察。不过后来……”

“后来,从你突然答应做我女朋友起,你就开始参与给我做局了吧?”

“是的。”

“目的?”

“劝你自首。希望你能带着许觉非的犯罪证据,自首。”

“依据现有的法律,我们没有犯罪。”

“你——确定吗?”林蓁的目光和楚曼朱的目光在此刻交

锋，毫不退让。

“灰色而已，不是黑色。”

“更不是白色。”

楚曼朱第一次见到如此咄咄逼人的林蓁，竟有些不知所措。他收回凌厉的目光，用食指第二关节蹭了蹭鼻尖，说道：“……白色赚不了钱。”

“是啊。白色赚不了大钱。可是曼朱，当你们通过各种‘操作’让钞票如洪水般滚滚涌入囊中时，难道你真的没想过，这些钱究竟带不带血？是否违背道德，甚至触犯法律？”

“股票市场只讲游戏规则，没有什么道德不道德的。这些财富是用我的辛苦和技术换来的，我受之无愧。”楚曼朱说这些话的时候，面无表情，平铺直叙。这些话就像是他早已准备好的讲稿，在对林蓁正式演讲之前，他已对自己说了无数次。

“这样的话，三年前的楚曼朱是说不出来的。”林蓁依然直视着楚曼朱漆黑的眼睛，“我不知道你所谓的‘操作’具体是什么，但我知道一切获得都必然要付出等量的代价。你获取了超常的金钱利益，其代价又怎会是单纯的‘辛苦’和‘技术’？”

楚曼朱沉思着，没有说话。

林蓁拿出手机，在相册里找到了一张翻拍的老旧黑白照片，递给楚曼朱看。楚曼朱坐在林蓁对面的沙发上，仔细端详着这张照片。

照片上是一个穿着防护服、戴着防护面罩的电焊工人。在一个逼仄狭小的空间内，他左手扶着面罩，右手持着焊枪，双腿微屈，以半蹲的姿势仰头焊接着高处的钢罐缝隙。电焊火花四溅，他像一个在火焰中奋战的勇士。

“这是我的爷爷。”

楚曼朱仔细看了照片后，将手机归还给林蓁。

林蓁收起手机，继续说：“我好像还从来没有跟你讲过我家人的事情，你想听听吗？”

“好。”

“我爷爷是一位高级电焊技师。听我爸爸说，我爷爷技艺精湛，完成的焊接面和鱼鳞一样光滑有致，像一件艺术品。他退休后，经常被返聘去完成一些高难度的工作，每次他都坚持只按照最低标准领取报酬，而其实他可以获得更多。”

“为什么？”楚曼朱感到十分不解。

林蓁没有回答这个问题，继续说道：“他六十八岁的时候不顾家人反对，去了一个在沙漠里的重点工程。他去世之前，在高闷高热的球形罐里连续工作了近一个小时，当时罐中温度将近六十摄氏度。他穿的防烫服是很厚的牛皮做的，都被汗水完全浸湿了。从球形罐中出来后，我爷爷有中暑的迹象，赶忙摘掉了防护面罩。一群沙漠蜂闻到了汗水的味道，疯狂地追他。那种蜂进攻性很强，叮不动防护服，就叮我爷爷的脸和头。爷爷死的时候，面目全非。”

林蓁说到这里时禁不住哽咽了。她抽取桌子上的纸巾，拭了拭眼角后又继续说道：“而他的遗言只有一句：我死后，你们不要给国家添麻烦。”

楚曼朱哑口无言，许久才憋出来一句话：“我做不到像他那样高尚，我只想让我爱的人活得好，我告诉过你的。”

“你所谓的‘好’，评判标准就是财富和地位，对吗？”

“也许是庸俗了些，但至少这两个标准都是具体可衡量的，总比那些虚幻的东西要实在一些。”

“在你看来，我爷爷这样的人就是活得‘不好’？”

“时代变了，蓁。你爷爷那样的人，现如今已经没有了。”

“时代确实变了，但人性没有变。如今这样的人虽不占多数，但依然不少，只是你选择视而不见。”

楚曼朱又语塞了。他调整了一下坐姿，将整个身体前倾压在沙发的边沿，方才十足镇定的神情渐渐消失。他再次看着林蓁，语气有些急躁地问她：“那请你告诉我，怎样才算是‘活得好’？另外还有一个问题想请教，你刚才说的我的‘代价’，是什么？”

“曼朱，你还没有意识到吗？你攫取财富的代价就是你的理想。你出卖的是灵魂，你在凝视深渊，你在和魔鬼做交易。”

楚曼朱再也无法保持冷静了，他腾地站了起来，身体有些颤抖，脸色煞白，额头上青筋可见。他几乎是喊着说道："老板不是魔鬼！他对我有知遇之恩。他甚至把我当儿子对待！我的理想？我从来没有出卖我的理想！因为理想在现实中毫无价值，没有被出卖的前置条件！"

林蓁接了一杯水，将水杯放在桌子上靠近楚曼朱的位置，然后重新坐到办公椅上，平静地问道："你是说，真理、信念、良知、道德等，都没有价值？"

楚曼朱没有碰那杯水，努力克制情绪后恢复了平缓的语调："从某种意义来说，是的。只要人性的弱点还存在，这些东西就注定虚无，不可实现，所以追求这些东西没有任何意义。就好比我们永远不能画出一个完美的圆，那我们为什么要把画圆作为毕生追求的目标呢？这显然是不符合逻辑的。"

"那你爱我，符合逻辑吗？值得吗？有意义吗？你知道的，上次在商场你给我买的东西，我很难还得起。从可衡量的标准来看，你爱我这件事，你大亏特亏，应该及时止损。"

"感情是不能用金钱衡量的。"

"感情不就是一种圆吗？它没有形体，不能用数字去衡量，不能用功利的标准去规范，它也永远不可能完美。那你追求我的爱，又有什么意义呢？"

"…………"

“我来替你回答吧。追求‘圆’的过程，就是意义所在。只是这个过程需要太久的时间、太多的付出，所以很多人放弃，转而去追求更加实体化的目标。我并不是说这些实体化的东西不值得追求，因为我们要生存；但它们的存在并不意味着‘圆’不存在或无意义，追求它们也不应该以牺牲‘圆’为代价。我爷爷有他的‘圆’，我有我的‘圆’，而你的‘圆’是什么？你心里最清楚。你还记得你跟我说过的‘极限’的魅力吗？‘虽不能至，心向往之。’”

楚曼朱感觉全身的力气似乎都被抽走了，两腿一软瘫坐在了沙发上，视线不偏不倚刚好落在挂在墙上的银白色相框上。

e^πi+1=0

这是楚曼朱曾经最喜欢的公式。那时的他将这个公式写满了数学笔记本的封面，为它所体现出的自然、简洁与完美深深震撼。他因为这个公式彻底爱上了数学，而现在却把它当作摆设。

林蓁从椅子上起来，坐在了楚曼朱身边，柔声说道：“曼朱，彻底失去‘圆’以后，人就变成了工具。许觉非把你当作工具，你也把自己当作了工具。如果他真的把你当儿子对待，就不会让你沾染你所谓的‘灰色’了。”

“他是要……多陪他女儿,我告诉过你的。”楚曼朱的声音很低沉,依旧直勾勾地盯着墙上的公式。

“他女儿三年前就确诊患有自闭症了。而他在一年前才让你触及他的核心业务,因为那时他才真正信任你。为了达到目的,他可以用亲生女儿的病情当借口。”

楚曼朱仰靠在沙发靠背上,闭上眼睛轻声说道:“也许他利用我的成分多一些。但当年在我最困难的时候,是他帮了我,救了我爷爷。他带我入行,给了我很多资源。这一行没有资源光靠脑子是不行的。我……我不能出卖他,我不能恩将仇报。”

“我知道这让你为难,我恨我当时没能在你身边帮你。可是,”林蓁深情地看着楚曼朱,缓缓地拉起他的右手后又用自己的两只手轻柔地握住,“为了我,也不行吗?”

楚曼朱睁开了眼睛,看着林蓁。目光起初温柔如水,不一会儿又变得冷如寒冰。

“为了一个‘计划’爱我的人,出卖一个实实在在帮助过我的人吗?”

“‘计划’爱你……”

“其实我最想问你的问题只有一个,”楚曼朱抽出了右手,紧盯着林蓁的眼睛,“林蓁……你真心爱过我吗?”

林蓁轻轻笑了笑,没有回答。

“能去里面吗？”林蓁指了指卧室的方向，问道。

楚曼朱犹豫了一下，点了点头后打开了暗门。

两个人进入卧室。林蓁走到玻璃窗旁边，拨开水晶珠帘，望向窗外已经黑寂一片的世界。她寻找着光亮，可目力所及之处都是无尽的黑暗。她不知道该望向哪里，只好将目光的延长线对准海关大楼的方向。

“三年前我让你忘了我的时候，其实是在强迫自己忘了你。要是我对你的感情真的能够‘计划’的话，那我一定从那一刻起就‘计划收回’。”

林蓁依然目不转睛地望着那个方向，她的声音仿佛逐渐被黑暗吞噬，越来越小：“外面的世界，可真黑啊！黑暗像重力，横跨时空，无孔不入。你的爱，是帮我阻挡黑暗的‘一帘幽梦’，我怎么舍得‘计划收回’？”

林蓁继续低喃着什么，楚曼朱听不清了。但前面的这些话足以让他深深懊悔。他走近林蓁，想从身后抱住她吻她，想为质疑她而道歉，想请求多给他一些时间，想承诺将永远照亮她的世界。走到离她大约还有半米的位置时，林蓁竟像一只惊觉到背后出现天敌的小兽，骤然转过身来惊声尖叫：“你要干什么？别从背后碰我！别碰我！”

林蓁一把抓起珠帘使劲向楚曼朱甩去。天知道她用了多大的力气，竟将几条帘线生生扯断。几百颗水晶珠子如小冰雹般坠落，打在地上嗒嗒作响，同林蓁的惊叫声一起在静悄悄的黑夜里回荡。林蓁瘫坐在地上，双腿蜷缩，两只胳膊抱着膝盖，脸埋在其间，呜呜啜泣。

楚曼朱愣了好一会儿，他从来没有见过林蓁如此崩溃的样子，心想也许是他刚才的怀疑让林蓁气急伤心。楚曼朱俯身蹲坐在林蓁身边，不敢碰她，只能轻声细语地安慰道："是我不好，是我不该问你那样的蠢问题。都过去了蓁，都过去了。我不怪你，我知道你是为了我好。没事了，别再为这些事情不开心，交给我处理。你给我时间，给我时间就好。"

林蓁逐渐平静了下来，抬起了头，双眼直勾勾地看着发光的落地灯。楚曼朱帮她擦了擦脸上的眼泪，心疼不已："去床上休息吧，地上凉。"林蓁听话地照办了。她躺在床上一个能够被灯光笼罩的位置，将身体蜷缩成一团，对楚曼朱说："别关灯……对不起！"

楚曼朱接了一杯水放在床头，轻手轻脚离开了卧室。他躺在沙发上，将暗室的门调成保持开启的状态，这样一抬眼就可以看到林蓁。他本想静下心来理一理今天所发生的事情，可刚躺下就感到疲惫感汹涌袭来，很快便睡着了。

这一觉出乎意料地沉静香甜。

第二天，楚曼朱被窗外的雨声吵醒了。他看了看床上的林蓁，看了看窗户玻璃上的雨滴，又看了看墙上的钟表：十点零六分十二秒，十三秒，十四秒……雨点敲击在窗子上，滴滴答答，滴滴答答……

楚曼朱突然想起一句诗："落花人独立，微雨燕双飞。"和三年前的那句"人面桃花相映红"一样，不知从哪里读来的诗句，就这样突如其来地冒了出来。

"落花人独立，微雨燕双飞。"

多么应景的句子啊。当年是"人独立"，现在要"燕双飞"。

楚曼朱又想起了那片桃林，想起了他和林蓁的初遇，想起了三年前的林蓁，想起了三年前的自己。他忽而觉得上海这三年的营营逐逐、利来利往，都离他那么遥远，遥远得仿佛是三年前的事情。而三年前秦岭山脚、思真湖边的楚曼朱，才是真实的自己。

他当然知道今天是最为忙碌的星期一，他此时还能享受片刻安宁应归功于没电的手机。他猜想此时的"雪洞"是公司里面唯一宁静的所在，雪洞之外——因为没有自己的出现——定然已经乱作一团。

可此时的楚曼朱只是静静地躺着。这样躺着的感觉真好。他又看了一眼墙上的时钟，十点十三分零二秒，零三秒，零四秒……时间过得好慢！像这样享受时间被放慢拉长的感觉，好像只有三年前被林蓁拒绝后的那两天。说不上悲痛欲绝，只是觉得一颗心飘荡在真空中，茫然找不到可以附着的地方。那两天他在宿舍床上静静地躺着,不停地回忆林蓁和他分手时的场景。每回想一次,那颗飘着的心就下沉一分。想了无数次后,心就沉到了地面,最终被尘土掩埋。那两天楚曼朱感觉时间过得长如一个世纪。从第三天起他就跟没事人一样,照常上课、吃饭、学习。毕竟用恍如百年的时间去悼念一段单方面的爱情,怎么说也足够了。

后来的楚曼朱变成了一个高速运转的永动机。永动机是感受不到疲倦的,因为它早忘记了停下的感觉。但当这台机器受到外力作用慢下来的时候,就再也不想回到以前的状态了。慢下来,才能感受时间的存在;感受后,机器就不再是机器了。

楚曼朱已经做了决定,一会儿他就去跟老板请假,陪林蓁去她想去的任何地方。至于什么业绩不业绩、股票不股票、公司不公司,那都是上辈子的事情了。以后究竟要何去何从?管他呢,再说吧!楚曼朱有些心潮澎湃,他看到一个崭新的人生正以一种优美的姿态向他徐徐展开。而这一切都应归功于林蓁。林蓁就是那个让他慢下来的外力,那个教会他感受的人。

楚曼朱看林蓁还在熟睡,不忍心叫醒她。他准备跟老板谈完后再和她一起离开公司。楚曼朱走出“雪洞”,诧异地发现所有人都照常忙碌着,一切都在有条不紊地运转着,他的

“缺席”似乎并未造成任何影响。

他走向老板的办公室，门是开着的。

“小楚，进来。”

老板好像一直在等他。楚曼朱暗自叫苦，三年来第一次迟到就被老板逮了个正着。不过此时他无心多做解释，只想请假。

他走进老板办公室，开门见山道：“老板，对于今天的迟到我深表歉意，您想怎么罚我都行。另外，我还有一个请求。”

“你先说你的请求。”

今天的许觉非戴着他常戴的那副18K金丝边眼镜，昨晚的疲态一点儿也看不出来了。

“我想休息一下，出去旅游。”

“你一个人吗？”

“和我女朋友一起。”

“很好。准备休息多久？”

“还没想好。先……一个月吧。”

楚曼朱有些忐忑地看着许觉非，试图从他的反应中解读出他的态度。许觉非的左手缓缓推了一下眼镜框后，安然地架在桌子上，除拇指外的其余四指愉悦地叩着桌面，像弹钢琴一般富于节奏感。这一套动作，是老板如释重负时候的惯有表现。但如释重负的，不应该是楚曼朱吗？楚曼朱有些困惑了。

“先给你三个月。”

“老板,这……”

“这三年来你的确辛苦了,休个长假也是应该的。休假的时候就好好享受生活,公司的事情就不要操心了。一会儿你就去办请假手续吧,会有人找你对接工作。”

“好……的,老板。”许觉非异常干脆的态度让楚曼朱准备好的一大堆请假理由失去了用武之地。

许觉非察觉到了楚曼朱心中的惶惑。他站起身,从书柜上取下一个精致的木制雕花雪茄盒,打开盒子后拿出了一根雪茄。他先是嗅了嗅雪茄的味道,然后像欣赏艺术品一样仔细端详着雪茄身上的白色斑点,缓缓说道:“雪茄身上的白斑有两种——霉斑或是‘开花’析出的白色晶体。前者让雪茄一文不值,后者却可以让其身价倍增。二者看上去有些相似,不懂行的人根本不会分辨,常把两者混为一谈。发霉的雪茄被某些人视为珍宝,‘开花’的反而被丢弃在垃圾桶里。现在这个社会,其实人和雪茄一样,是金子还是废铁,实质早就没人关心了。废铁包装一下,套上黄色的壳子,看起来是金子,那就能当金子使。真正的金子,要是无人理会,那就是一坨废铁。小楚啊,你说是不是?”

楚曼朱不知如何应答。

许觉非呵呵笑了两声，小心地将雪茄放回盒中，接着说道："可我是能分清发霉和'开花'的。小楚，你知道的，我一向看好你，公司所有的资源都倾向你。我是把你当作儿子培养的。"

"老板……我……"

"好了，这段时间先充充电。等你回来，依然是我最器重的干将。不过，"许觉非用右手推了一下安稳架在鼻梁上的眼镜，"你今天离开之前，工作务必交接好。"

和楚曼朱对接工作的正是王若滢。奇怪的是王若滢竟装作跟楚曼朱不熟的样子，很有距离感地只谈工作，这让楚曼朱一度怀疑昨晚在休息室里见到的她是不是幻觉。王若滢拿出一张清单，上面列举了楚曼朱以往、目前以及即将要参与的所有业务。在王若滢的要求下，楚曼朱将这些交易的所有资料、连同他办公室台式电脑的密码和两台工作用的笔记本电脑，都一齐上交了公司。在办请假手续的时候，人力资源部门的同事还要求他签署了一份十分严苛的保密协议。

楚曼朱当然察觉出了这些反常，但此时的他懒得多想。他只想飞奔回林蓁身边告诉她即将到来的悠长假期和他准备离开这个行当的决定。至于是否自首，他还需要再考虑考虑。

但当楚曼朱回到"雪洞"暗室的时候，发现里面空无一人。楚曼朱想给林蓁打电话,这才想起来手机还在没电关机状态。他将手机连上充电线,双手有些发颤,开机后急忙拨通了林蓁的手机号码。无人接听。他打开微信,竟然发现有一笔来自林蓁的转账。心急如焚的楚曼朱又多次拨打林蓁的语音通话,还是无人接听。楚曼朱只好寄希望于林蓁还没走远,向前台借了个充电宝后又下楼寻找,结果还是没找到。

楚曼朱茫然地坐在公司楼下绿地公园的椅子上,平复情绪后开始分析从昨晚到今早的种种反常迹象,想要寻找出林蓁不告而别的动机以及可能的下落。突然他听到了手机短信提示音,是一条陌生号码发来的信息:“当你想明白后去找她。我会帮你。”

仿佛抓到了一根救命稻草,楚曼朱飞快地回复:“我可以配合。你来莉都。”

大约五分钟后,楚曼朱收到了回复:“下午两点整。云端漫步一号包间。”

那天下午,在和沈肖长达三小时的谈话中,楚曼朱得到了许多但并非所有问题的答案。这些答案中并不包含林蓁的下落,因为沈肖对此也不知情。为了打消楚曼朱的怀疑,沈肖给楚曼朱看了林蓁发给他的最后一条微信:“Plan A(第一计划)和 Plan B (第二计划)我都尽力完成了,而你却无法兑现承诺。我走了。别再联系。”

楚曼朱想要知道 Plan B 和沈肖的承诺是什么,沈肖只解答了后者:“我答应帮她找一个人,但是一直没有结果。我甚至怀疑……算了,等确定了再告诉你。”

楚曼朱放弃了追问,因为当务之急是找到林蓁。等找到她后,他想要林蓁亲口解答他所有的疑惑。

也是在那个下午,楚曼朱和沈肖达成了君子协议。沈肖答应给楚曼朱两个月时间,等找到林蓁并和家人告别后,楚曼朱会去公安机关自首并检举许觉非,而沈肖会尽力帮他认定立功表现,争取减刑。沈肖离开之前对楚曼朱说:“我已经让便衣暗中保护你了。如果你觉得有什么异常,比如如果觉得被跟踪了的话,立即联系我下午给你发短信的那个号码。”

楚曼朱惊讶地问道:“为什么会有人跟踪我?难道你的身份暴露了?”

“暂时没有。具体原因你不用知道,是为了你好,以防万一。记住我刚说的。另外,尽快离开上海。我会留在上海继续找林蓁,你去其他地方找,暂时别回来。”说完,沈肖打开包间的房门,一条腿在即将迈出房门之前又收了回来。他重新将门关上,转过身来面朝楚曼朱,停顿了几秒后说:“老弟,为了将他绳之以法,有些事情……我不得不做。我也是迫不得已,他太狡猾了。我欠你一句抱歉。”

楚曼朱以为沈肖所说的“有些事情”就是指安排他和林

蓁的“偶遇”以及对他隐瞒身份这两件事。他向沈肖摆摆手，什么也没有说。

楚曼朱回到家，来到林蓁最喜欢的一间卧室。他看到地板上整齐地摆着那些大大小小的购物袋，床尾凳上面有一张字条：

> 曼朱，请将这些衣物退回。我穿过的衣服、鞋子还有一条项链我带走了。我不知道你的银行卡号，钱只能微信转你了，请不要拒收。我想亏欠你少一些。

后面还有一行英文，是那种单词楚曼朱都认识，放在一起却不知道是什么意思的句子。好像是一首诗。

那个下午的天空没能接续早上一星半点儿的雨水，只是黑压压地阴沉着个脸，让人捉摸不透。不知挂着的阴云不久就会消散，还是会像磁块般聚在一起，酝酿一场惊天动地的风暴。楚曼朱站在阳台上逼视着团团阴霾，想要穿透里面的电闪雷鸣，直达阳光宣泄的内核。他相信在阴霾的尽头，会看到林蓁亲切的笑脸。

第十五章
尾声

镜湖里倒映着我们的脸,你说地震是大自然释放力量的一种方式。镜湖也是地震的杰作,湖水是那样的平静清澈。地震在破坏,也在重建。我的世界因你的消失再度支离破碎, 不知还能否重建,as though hemlock I had drunk.(我感到昏沉,就像是饮了毒鸩。)这里好黑,好静。只有鱼缸的灯亮着。绿油油的水草,莹红色的鱼。至少它的世界还有亮光。好黑,好静。那里也好黑,好静。那么多人都死了,而我却活着,活着就有代价。书店等不到你,他也找不到你,他还说你压根儿不存在。小鱼不见了,它也许是藏在了草里。它本应该在湖里的。我要去那里将它放生,我要去那里找你。I will fly to thee.(我要飞去那里找你。)

记忆中的湖水是那样平静清澈,映着我们的脸。可你的脸怎么那样模糊？我看不清你的样子，我记不起你的样子。你说地震是大自然释放力量的方式。你救了我，肉体和灵魂。可我却忘了你的样子，我却爱上了他。我不能原谅自己。Fade far away, dissolve, and quite forget.（消散、融化，然后慢慢遗忘。）我要去镜湖等你。镜湖的水是那样平静。小鱼跳到了我的手里！红红的像血。那里看不到血，却有血的味道。我爱的他，像在血泊里。

这是篇没有日期的笔记，但郁秋阳已经猜出林蓁是在何时写下的这些文字。

一个多月前的夜晚，林蓁在郁秋阳离开后来到书店。她独自一人写下了这些文字，又带着那条樱桃灯鱼离开，去了她想要去的地方。她的意识已有些混乱了，走时甚至都忘记关上书店的门。

不知从何时起，雨不再落下。郁秋阳将窗户打开了一条宽缝，夹杂着甜甜土味的冷冽空气瞬间灌满了他的鼻腔。窗外的景色不再像蒙上了一层灰雾滤镜，远处的路灯变得明亮清晰，灯光被马路上残留的水迹柔化、扭曲、拉长，犹如进行了动态模糊处理的彩色照片。路旁的灌木丛在射灯的映照下碧绿可爱，所有的事物都在清新的空气中显出最本真的色彩。

若在夏日，此时应是红霞满天——郁秋阳不禁这样想。

手机短信提示音打断了他的思绪，是他公安局朋友回复的消息："查无此号。"此时楚曼朱从里间走出来，郁秋阳将窗户合起，两个人相对而坐，还是在一开始的位置。仿佛影片被倒带，兜兜转转又回到了这天下午两个人对话开始的地方。楚曼朱也和刚来时一样面无表情，但他舒展的眉心已不似先前那般凝重。郁秋阳知道他已经找到了想要的线索和答案。

"看来你都明白了。前因后果，一切。"

"基本明白了。"楚曼朱轻轻点头说道。

"她真的……我不敢相信……我居然一点儿也没察觉出来。"

"是真的。沈肖给我看过诊断证明。看了她的日记，我也就更加确定了。对于经历过那样灾难的人来说，她已经很坚强了。要不是有幻想出来的'那个人'，她可能坚持不了这么久。"楚曼朱继续说着，嗓音沙哑得像石磨碾过一般，"她一个人承受了这么多，而我还在做让她担心的事情。"

"至少你现在应该相信了，从始至终，她最爱的都是你。"

"我是她最爱的'人'。但她的最爱是她的'圆'。不过我已经很满足了。"

"她的……'圆'？"郁秋阳疑惑不解。

"就是她的信念，或者说她坚持活下去的理由。以前我以为她是为了‘那个人’而活着，现在看来不是。她想尽自己的力量，唤醒良知。”

“……她还是那样理想主义。”

“人不都应该有一些不切实际的理想吗？”楚曼朱看着郁秋阳，眼神诚挚，“而且，至少在我这里，她的‘圆’成了。”

两个人相视而笑。

“你打算去哪里找她？”郁秋阳问道。

“我刚才查了一下。当年地震一共形成了三十七个堰塞湖。我先从映秀周边的枫香村和银杏乡找起。我会联系她的家人和沈肖分头找。”

“好，你先去。我把书店安排一下，先暂停营业，再去和你会合，一起找。”

“书店还是开着。万一她回来了，一定会来这里。”

郁秋阳沉思了片刻，他不得不承认楚曼朱说的有道理。总得有一个人守在这里。“守株待兔”，还真是兜兜转转回到了原点。

“好。找到她以后呢？你怎么打算？”

“我会去自首，”楚曼朱回答得干脆果决，“好好表现，争取减刑。”

“你真的想好了？因为她？”

“当然主要是因为她。其实我心理建设有段时间了。不过最终让我下定决心的，是得知她一个朋友自杀的消息——她所有的钱都折在股票里了。只有当悲剧发生在自己身上或者是周围人身上的时候，才有让人反躬自省的力量。”

楚曼朱盯着鱼缸里绿油油的水草。他不想让郁秋阳看到自己眼神中深深的悔意。

“我准备联系心理医生，帮忙疏导她。放心不下，但是没有办法，我必须去自首。出来后，我将用余生的时间陪她疗伤。”

郁秋阳重重地点了一下头。

楚曼朱重新注视着郁秋阳，问道：“那你怎么打算？我在里面的时候，你会追求林蓁吗？”

“我会找一个女朋友，干一份正经工作。当然我也会招个人，继续帮忙打理书店。要是没有这个书店，她要在哪里等你回来？”

楚曼朱怔了怔，然后淡淡笑了一下，说道：“谢谢。你是她的知己，也是我的朋友。”

楚曼朱走后，郁秋阳走进里间，发现放有林蓁笔记本的柜子已经重新被锁上，仿佛从未被开启。他将灯一一关闭，只留着鱼缸的灯。他锁上书店的门，目光在门帘上印着的两行字上停留了几秒，随后转身离去。

归来之时

天阔水长

林蓁日记拾遗一

林蓁的笔记本里有几页纸是用胶水粘上的。有些印刷精美，有着和笔记本配套的桃花图案；而有的则是普通白纸，甚至微有皱褶。这些纸张不知是什么时候被林蓁按照时间顺序仔细整理粘贴的，拾遗如下：

2012 年 3 月 29 日

我终于梦到你了。

梦中是片粉黛桃林。有一团云雾氤氲缭绕，看不清一花一叶。桃林中依稀有个人影，背对着我，我知道那人就是你。我想看清，云雾却愈加浓重。我想开口叫你，却怎么也发不出声来。眼看着你身形逐渐模糊，马上要消失在这片梦幻中，我急了，铆足了所有力气喊了一声：“陶熠！”

你依然没有回头，而我却醒了。

很久没有梦到你了。在梦里你的身影朦朦胧胧、若即若离，像极了今天工大校园里的那片晚霞。

夕阳将层层如鳞的云朵染成橘红色，仿佛成片的凌霄花绽开在天边。我觉得自己将融化在这一片晚霞中，心中突然感到落寞孤寂。我发现自己变了，从那段经历后就变了，现在每次见到这样的余霞满天，都会不由得沉醉其中，想要贪尽黑暗之前的所有光芒。我变得惧怕黑夜。而这光芒，熠熠温暖，就像你的名字。

我赶在天彻底黑下来之前回到了家中，吃了炉子上煨着的百合莲子粥。我打开了卧室里所有的灯，我喜欢让灯光照射到房间的每个缝隙。我很喜欢我的卧室，虽然不大，陈设也很简约，一张白色简欧风格的书桌和一张双人床。我的床上堆满了大大小小的猫咪公仔，留下的空间刚刚能够容下我。只有在这个房间、这张床上，我才能勉强睡得安稳。

睡前我躺在床上，听着拉赫玛尼诺夫第二钢琴曲。音乐如诗，我的每一缕神经都能感受到钢琴曲的力量——丰富强大，跳跃沉静。只有在这样的时候，我才会觉得我和二十一岁前一样，浪漫、温暖，无忧无惧。

然后我就梦到了你。

现在屋里的灯依然亮着，耳畔的音乐依然流淌，我的思绪还在刚才的梦里。就差一点点，那么一点点，你就会回头看我。无不惋惜，也无能为力。

注定又是一个难熬的夜晚。不知道从什么时候开始，一夜好眠对于我来说是种奢求。不过有了这样的好梦，今夜就像是草田里的四叶草，值得珍藏。

我看到桌子上的手机指示灯在忽明忽暗地闪烁。我打开手机，已经午夜一点了。手机里有三条未读短信，一条来自高轻晗，另两条来自陌生号码。陌生号码总会让我惊喜，我期盼着是你。其中的一条写着：

雨蓁，还记得我吗？胡亦云。许久不联系，很是想念。望回复。

胡亦云？好像没什么印象了，反正不是你。另外一条陌生号码发来的信息写着：

林老师，您好！

下午在桃树林遇到您的时候，我误以为您是同学，言语上有些不恰当，跟您道歉。另外，今天上课迟到是个意外，以后上课一定不再迟到，请您谅解。为了表达歉意，我向学管老师要了您的手机号，还请不要介意。

您的课堂让我受益良多，非常感谢。

学生:楚曼朱

这个人真是有点儿奇怪，短短一条信息中道了三次歉，好像整个下午就没做对一件事似的。

我有些失落,两个陌生号码竟然没有一个是你的。我一条也没有回复。

写了这些流水账,就只想累一点儿,好再次入睡。

希望能接续刚才的梦。

林蓁日记拾遗二

2012 年 6 月 16 日

今天我不该为了应景而穿朱瑾色的衣服。坐在礼堂里的时候，我觉得快要被周围的深红吞噬了，如潮涌至的记忆让我感到恐惧。差一点儿我就会逃离那里，可我又不想失信于人。

听到他的“表白”时，我后悔答应来参加典礼彩排。只是想起我毕业典礼那天，周围满座，可我依然感到孤独，嘈杂的人、事、物都只是寂寞的反衬。

因为你没有来。

我不想让他像当时的我一样孤独。

晚上对他说出那些残忍的话的时候，我的灵魂是游离于肉体之外的。空洞的躯壳发着音、吐着字，而灵魂在一旁陪他一起哭泣。

回到家，我躺在床上，逐渐真切的痛苦感让我的灵和肉重新归一。胸口像是被硬生生塞了一块贪婪的、吸不饱的海绵。很多的负面情绪都被海绵困住，排遣不开，堵在距离喉咙大约两寸的位置。我意识到只有决堤式的发泄才能缓解这令人难过的窒息感，可是我却连一滴眼泪都挤不出来，因为我想不到任何哭的理由。既然我只能爱你，拒绝他对我们三个人都好，这又有什么好哭的！

我脱了衣服，一丝不挂地平躺在床上，被子也不盖，因为只有这样我才能勉强呼吸。我拿起手机，想读读我给你发的短信。我已经数不清发了多少条，可始终没有收到一条回复。

我早已经习惯这种单方面的“沟通”，习惯将生活中最值得分享的事情编辑成短信发给你。我知道这些信息的命运大概率都是石沉大海，但是我依然发着，因为我坚信你会仔细阅读我的信息，即便你身不由己，无法回复。

“今夜西安的月色很美。楚曼朱跟我表白了，我拒绝了他。我说过我会等你。这才仅仅四年而已。”

手指里像是灌了铅，每按一个字母都需要花费许多力气。这条消息不长，但编写它却让我身心俱疲。发出后我觉得心头松快了一点儿，闭上了眼睛。枕头湿漉漉的，可能是被眼泪浸湿了。我本想下床取一条干净的枕巾，却感到头重脚轻，无法站起。我坐在床上想要攒攒力气，没过一会儿又开始全身发颤。我只好继续躺下，昏昏沉沉地睡去。

我又梦到你了，似乎还是在那片桃林。这次的桃林没有云雾遮蔽，树上挂满的粉白色花苞清晰可见。每个花苞有小孩儿拳头般大小，一个个胀鼓鼓的，挣扎着想要挣脱花萼的束缚。我听到它们铆足力气想要绽放的喧闹，忍不住伸出手来想摸摸这些旺盛的生命，却被叶子上的刺扎了一下，随之而来的是钻心的疼痛。当我正在纳闷桃叶怎么会有刺时，忽然听到有人在背后温柔地唤我："蓁，你别走。"

我知道这正是我朝思暮想的那个你。

我转身看见你的身影在离我不远的地方，但却看不清楚你的脸。我想走近些，但怎么使劲都迈不开步子。我向地上看去，不知何时出现的铁轨死死地卡住了我的双脚。铁轨在远处分岔，而我困在原地，动弹不得。

"陶熠，你等我一下，我就过来！"我朝着你的方向大喊。

铁轨在我的喊声中消失了。不，并不是完全消失，而是化成了一种无形的巨大力量，从前方将我向后推，从身后将我往后拽。我用尽力气，依然纹丝不动。可此时你的身影却已经离我很远。当我用尽力气的时候，你也彻底从我的视线里消失了。我瘫坐在地上，大声哭喊道："我为什么走不动？怎么走也走不动！你为什么离开我？陶熠！你为什么不理我？"

我再也兜不住心中的压抑与委曲，恸哭起来，暴风骤雨一般。树上的花苞们像是受到了感染，也跟着我一起哭，交织的哭声回荡在整片桃林中。我好像变成了这个场景的看客，我看到我跪坐在桃林中悲泣；可我又好像是其中的主角，因为我真切感受到强烈的悲伤。过了一会儿，我觉得有雨滴滴落在身上。我抬头向天上望去，一轮暗沉的太阳遥遥悬于天边，桃林里阴寒四起，骤雨如注。

我就这样哭醒了，更准确地说，是被冻醒了。

梦醒后我竟觉轻松畅快了不少，那块堵在心头的海绵已不似刚才那样令人难耐。我下床想将刚才的梦写下来，毕竟难得梦到你。

我看到床头柜上的手机提示灯正在一闪一闪地发出紫光。我知道是楚曼朱的消息来了。

明天再看吧，现在的我已经没有力气了。

林蓁日记拾遗三

2012年9月10日

整个暑假我都没有再失眠过,可今天不知为什么,又失眠了。

在忙碌的工作中麻木地活着,如同一具会讲课会笑的行尸走肉。除了偶尔的回忆之风能够吹起一小圈涟漪以外,我的心再次犹如死水一潭,等待你又变成了我生命的唯一旋律。

今天中午大家在教师休息室聊起了楚曼朱,就是那个被我拒绝的楚曼朱。

"楚曼朱真是个学神,托福考了满分,GRE也接近满分。主管说要好好宣传宣传。碰到这样的学生,真是咱们的运气!"

"他上高中的时候得过丘成桐数学金奖,听说当年都保送到北大了。不知道为什么没有去。"

“我对数学家的刻板印象是头发乱乱的，眼睛亮亮的，棕凉鞋配着黑袜子。楚曼朱跟这个形象可是一点儿边都不沾。”

“听说有四所藤校都给他发了 offer。”

“不过我听说不少关于他的八卦，说有好几个女生为了他争风吃醋，还有打起来的！听说剧情很 drama（有戏剧性）。”

“楚曼朱那真是生在罗马。学得好，长得好，关键还有礼貌且低调不张扬。他上课从来一句话不说，除了点到他回答问题以外。”

“确实是生在罗马，好像家庭条件也不错。”

“他爷爷好像是某国企前领导。”

“可我怎么听说他是个失去了父母的孤儿……”

这些传言里，除了他是孤儿以外，我希望其他都是真的。他考得很好，他拿到了很多名校发来的 offer，他跟很多女孩子谈恋爱。我希望这些都是真的。我相信我当时拒绝他没有错。

拒绝他的那晚，夜空的月清明，湖边的风温柔。快三个月了，我竟都记得。我还记得那晚我又梦到了你；我记得他的短信提示灯闪烁了一夜；我记得我一直盯着手机闪烁的紫灯，彻夜未眠。

蓁：

我希望你还能允许我这样称呼你。

今天下午是我唐突了，没有给你任何心理准备的时间就当众向你表白，让你惊慌失措。是我做事情欠考虑，十分抱歉。希望你可以原谅我鲁莽的行为。

蓁：

我想了很久，从昨天晚上到现在一直在想。以前我没有这样想过一个人、一件事，除了数学以外。

以下是我进行了深刻反思后得到的结论：

1.我犯的第一个错误是自以为足够了解你。其实仔细想来，我对你的了解还很不够，我甚至不知道你深爱着一个人。（其实我更希望这个人是你为了拒绝我而杜撰出来的，但昨天晚上看你提到他时的眼神，我相信他确实是存在的。）

2.因为我对你了解不够，所以我对你的关心也远远不够。这是我的第二个错误。我只是浮于表面地知道你的某些喜恶，而你内心的真正需求我从来没有关注过并且努力满足过。

3.基于上述两种情况，我竟贸然地对你表白，潜意识里还希望得到你的一点点承诺。我简直就是个浑蛋。我不太会跟女孩子相处，以前没有经验，所以做的事情很浑蛋。我真心跟你道歉，希望你能够原谅我。

请你再给我一次机会好吗？至少让我做你的朋友。

求你回复我一下吧。短信也好电话也好，哪怕就是一个字也行。求你了。

这是那晚他发给我的三条信息。

我必须诚实地告诉你，当时我的心碎了，因为这一切都让我感同身受。面对你时我也时常扮演着他的角色，而你就是他剧本里的林蓁。

所以，我不能将相同的痛苦施加在他身上。我决定给他一剂解药。

一天后我回复了他：

抱歉一直在忙，回复晚了。我没有生你的气，虽然你这次的行为确实鲁莽。你的短信我都看了，我没有责备你的意思，所以也谈不上原谅。

关于还能否继续做朋友的问题，我是这样想的：友情是需要陪伴来维持的。你马上就要去美国了，和我这边昼夜颠倒。交流少了，慢慢地友情就淡了，再执着地保持联系对彼此来说也许会是一种负担。所以还是算了吧。你那么优秀，会有很多人想跟你做朋友，不差我一个小小的林蓁。

其实我也一点儿都没有想和你做朋友的意思。我觉得你所反思的结论都没有触及问题的核心——你高估了自己的优秀和对我的吸引。可能是我每天跟你的短信交流让你误会了什么，但这只是职业使然，我对学生的信息一般都是礼貌性回复的。你们班的课程已经结束了，我对你答疑的义务也该随之停止。我也不想和“逾期”的学生继续保持联系。学生太多，希望理解。

对于你学成后选择归国，我表示十分赞同。但那时必将时过境迁、物是人非，我想也无需再有联系。所以，还是那天跟你说的——忘记我吧！

发送了上面的消息后，堵在我胸口的那坨海绵终于彻底消失了。原来人对痛苦产生抗体的速度是这么快：第一次拒绝他让我痛不欲生，而第二次却感到如释重负。我突然觉得自己很傻，其实我可以贪心一点儿，同时拥有一个完美男友和一份执着的思念。但是我已经成长，不再是二十一岁前那个自私任性的女孩儿，我不忍心把他当作疗伤药。既然不能给他一颗完整的心，那就索性不给。他这么优秀，以后会有同样优秀的女孩儿给他毫无保留的爱，也只有这样的爱才配得上他。

后来的整个暑假，我再也没有看到手机提示灯发出紫色闪烁的光。手机里留存的他的信息，我在读了两遍后，已经全部删除。最后的这三条和我的回复，我保留了下来，就当作最后的纪念。

我要忘记楚曼朱，重新变成心里只有你的那个林蓁。

但是，请给我一些时间。

他的成绩单复印件被塑封了起来，挂在校区光荣墙上最醒目的位置。没有照片，没有感言，只有两张成绩单和他的名字。每每路过那里，我总是想起他的话——

"曼珠沙华是一种异域之花，也叫彼岸花。这种花很美，也很有趣，花和叶不同期。开花时无叶，有叶时无花，花叶两不相见，生生相错。"

请给我一些时间彻底忘记他。你知道的，不久以后，关于他的消息和流言都会销声匿迹，他的名字和成绩单也会被新一轮高分宣传所替代。他的所有痕迹终会在我的世界里彻底消失。

可你的不会。

窗外开始滴答落雨，北方的雨季就这样拖着慢悠悠、轻飘飘的步伐悄然来临。而此时的我，脑海里却是艳阳高照的芳菲三月，在那片桃林里的那个声音——

"所以你也喜欢这满树碧桃？"

林蓁日记拾遗四

林蓁的这篇笔记写在三张印有“中国航空”字样的信纸上。

2015年10月11日

我们这一生,像乘坐无人驾驶的公共汽车。有些人在中途上车,有些人在中途下车;没必要对上车的乘客大献殷勤,也无所谓对下车的过客流连悲伤。英语中的相关表达是有些意思的。“pass” 这个词根表示 “经过、通过”,“passage”和“passenger”分别表示“旅程”和“旅人”,而“pass away”或者“pass on”又是“死亡”的委婉表达。旅人走完旅程便是死亡。从起点开始,乘坐这辆车直至终点的旅人,只有自己;同自己抗争而达到最终和解,就是旅程最美好的结局。

对于亲友的生离死别,也许应该看淡些,你说是吗?

可对于轻晗的死，我的愧疚和遗憾却久久不能释怀。她生前我没有能力给予她足够的帮助，她死后我没有权利将她的骨灰带出那片狭小的坟冢。我唯一能为她做的，就是我将要做的。

等我死后，请将我的骨灰撒在秦岭中随便一棵向阳树下的泥土里。我想化作一片叶子，在树梢上眺望远方，等待每天的日出日落。千万不要将我封在罐子里后埋入一个黑暗封闭的墓穴，像他们对待轻晗那样。

陷在深渊泥沼中的感觉，不可以再来一次。绝对的黑暗、未知和失控会将恐惧无限放大，一滴水、一声呻吟或是一缕血腥，都足以将我的意志摧毁一次又一次。那时勉强支撑我的，只有想要活的本能。

我曾怨怼命运让我在那个时间出现在那个地点。可后来当我重新审视这段因果，才逐渐明白了遭遇这场灾难并不能完全归咎于“厄运”，而其结果于我个人而言也未必一无是处——它让我认识了你，也认识了崭新的自己。

似乎还从来没有跟你说过我当时去映秀的原因吧？是因为一场毫无意义的争吵和我任性恣情的性格。

2008年我上大学三年级，有一个同校男朋友，是四川都江堰人。那年五月，因为一点儿小事和他争吵后，我向学校请了两天事假，赌气瞒着他一个人去了映秀。选择映秀是因为去都江堰游玩儿的时候顺道去过，它的平静秀美对于安抚我当时的烦躁忧伤似乎再合适不过。就这样，因为一场起因早已被遗忘的、无足轻重的争吵，我将自己置于厄运的股掌之中。

我不清楚我的那位前男友后来是否得知了我的经历。他没有再联系我，我也没有再联系他。这个人好像从我的记忆里被抹去了，他的名字和样子，我都没办法再记起。

从你救出我的那一刻起。

你抬起一块厚重的石板，让月光透进来，一点一点照亮了困住我的狭小空间。你温暖坚定的声音从上方传来："别怕，再坚持一下，我们一定救你出来！"你将我背起，我的脸贴在你宽宽的肩膀上。你转头对我说："没事，姑娘，你的伤看起来不重，很快就会好的。好好活着！"

"好好活着！"

没有力气开口说话，我只能在心里不停地重复着："好好活着！好好活着！"

我不知道那次地震一共死了多少人。我只知道被强烈震感惊醒时，睁开眼时看到的是空空如也的"房顶"，上面的楼层已在剧烈的摇摆中被甩了出去；我只知道在废墟之下感受不到白昼和黑夜，在意识混乱的尽头是恐怖记忆的永恒轮回；我只知道在救灾帐篷里，在由余震、暴雨、隔绝、饥饿、疾病所共同编织的恐惧中难以入眠；我只知道一位母亲在放满尸体的小学操场上寻找自己孩子时，一个一个地将盖在残破头部的瓦片取下、又一个一个放回原处时的眼神，我不忍再看第二眼；我只知道原来是山的地方被夷为平地，而原来是村庄的地方变成了巨冢一般的土丘。

我也不知道那时有多少和你一样在帮助我们的人，又有多少人为了救我们而不幸牺牲。浓雾密布的天空、山山相连的峡谷、湍急如注的岷江都是烈士们安息的陵园。我知道和你们一样的英雄还有很多，数不清的志愿者、消防员还有医务工作者；你们离开的时候，我们像是和亲人分别一样恋恋不舍。你走的那晚，不知谁用捡来的扩音器和电瓶组装了一套音响，在学校前的空地上一遍遍地播放着《送别》。

“好好活着。”

你离开前跟我说的最后一句话，也还是这句。这句话一直伴随着后来七年间我的每一天。我听你的话，每天都在尽力“活着”。至于这个“活着”前面的“好好”，我不知道我是否做到了。

需要你来替我回答。

林蓁日记拾遗五

2015年12月16日 四季如春 一雨便冬

在一个没有季节的城市“过冬”，让我突然有些想念北方分明的四季。我像个永不知足的小孩儿，在伏天盼桂子飘香，在十月盼初雪霏微，在隆冬盼春光九十。我原本不喜欢多雨的夏天，但现在我不再畏惧下雨，也不再畏惧黑暗。我想也许我可以改回我以前的名字了。

已经很久没有写东西了，不知道写给谁。在我心里的那个“人”不存在了，或者更准确地说，我终于肯相信“他”根本就没有存在过。接受这一事实的过程是痛苦的，但并不至于让我精神崩溃。“他”已经给予了我足够的力量。从黑屋逃生后收获海阔天空的感觉，“好像乘着飞机，降落在重重山峦中的一片高原，万籁俱寂，空气清新”。从精神层面上讲，这样的我是不会被任何人或事物打倒的，包括我自己。

既然不知道应该写给谁，就姑且记一些流水账给将来的自己看吧。

昨天我们去看望了楚曼朱的爷爷。我们到时，楚爷爷正在小院里给他的樱花幼树修剪枝叶。他脊梁挺得笔直，操作高枝剪的动作干脆有力，一点儿也不像一位七旬老人。看到我们时，楚爷爷放下剪刀，将沾了泥土的双手在棕色粗布园艺围裙上蹭了蹭后，愉快地向我们挥手打招呼。他皮肤黝黑，笑容灿烂，看起来与地道的花农无异。也许只有时间有这样的力量，在不知不觉间将一个人彻底重塑。

“这几棵长得快跟小朱一样高了，”楚爷爷看了看几株有叶无花的幼树，像看自己的孩子一样充满温情。

接着他有些难为情地说：“今年是不能开花了，明年这个时候你们再来看花。”楚曼朱没有接话，我却抑制不住好奇心，问道：“爷爷，樱花怎么在十二月就能开呢？不都是三四月份才开吗？”

“南涧的早樱是这个时候开的。走，带你们看看无量山上的樱花，正是花季。”说完，楚爷爷便脱掉围裙，换上了一双轻便的布鞋。

“爷爷，您还是尽量少爬山吧。”楚曼朱对楚爷爷的健康状况一直非常忧心。自楚爷爷保外就医来到云南后，他几乎每天都会打电话嘘寒问暖。

“去那里有班车，不用爬山。近一年身体好了很多。还好当时没听你的话待在上海。”楚爷爷笑了笑，继续说，“走吧，现在这个时间去最好。”

我们来到了樱花山谷。层层叠叠的原始森林像一双巨手，捧出了一片碧波千亩的茶园。上万株樱花点缀其中，像在翡翠铺成的海床上绽放的桃色珊瑚。这些在冬天盛开的樱花让人有种身在春夏的错觉，在此时又被夕照染上了一层秋意的柔金。夕阳下的冬樱，美得像一首写满了四季的诗。

楚爷爷望着茶园坡地和天际的弧形相交处，语气平和地问楚曼朱：“你想好了？”

“嗯。回去后就去自首。好好表现，争取减刑，让您和她少等我几年。”楚曼朱看了看我，我对他轻轻颔首。

“好。等你出来后，来看我种的树，那时肯定都开花了。”

“爷爷，对不起。”楚曼朱没有勇气看爷爷，低头看着鞋上新沾的泥土。

“别这么说，是我对你和你妈妈有愧。”

“我从来不怪您。我知道当年的情况很复杂。其实我觉得……很不公平。”

“没有什么不公平的。很多事情，只有把时间拉长、将其放在历史背景中，才能有比较客观和准确的评价。有时候我们跑在了时代的前面，预支了奖励，就要承担可能出现的后果，为自己有可能做错的部分付出代价，这是一个有担当的人做出选择之前就应该有的心理准备。”楚爷爷看着楚曼朱，轻轻拍了拍他的肩膀，语重心长地说，“做错了就坦然接受后果。让自己放空几年，也没什么不好。”

我知道爷爷的这几句话对楚曼朱影响很大。自那个晚上起，我再也没有听到他独自叹气，辗转难眠。

也是在那个晚上，他跟我说了他十八岁时发生的事情。在那年的五月，他的爷爷因涉嫌贪污被捕，他的爸爸一夜之间人间蒸发，他的妈妈在家中卧室割腕自杀。在她生命终止的那一刻，楚曼朱全然不知，还在隔壁书房学习，仓促地准备着当年的高考。他保送北大的名额在不久前被突然取消。

楚曼朱成人礼的序幕在他十八岁的时候被一双巨手狠狠拉开。

而我经历那场灾难的时候，是二十一岁。

如果二十岁的我遇到十七岁的他，会是什么样子的呢？会不会就是两个单纯的小孩儿，想着单纯的事情，说着单纯的语言，有着单纯的记忆，怀着单纯的梦想呢？

可我想，还是现在这样的我们更好。我爱的我自己和我爱的楚曼朱，应该包括与生俱来的和后天改变的所有特质。即便曾一度迷失，即便要为这段迷失付出代价。

楚曼朱从来没有问我“会不会等他”这样的问题，我也从来没有提起过这个话题。我想也许是因为他不忍，或者是因为这个问题的答案已经是我们之间心照不宣的默契。

我唯一的爱人，我自然会等他，无论多久。

归来书店，等伊人归来。